崔书馨 著
Cui Shuxin's Work

得到你的一百种方式

SPM 南方出版传媒，广东人民出版社
·广州·

图书在版编目（CIP）数据

得到你的一百种方式 / 崔书馨著． — 广州：广东
人民出版社，2020.3

ISBN 978-7-218-13918-0

Ⅰ.①得… Ⅱ.①崔… Ⅲ.①散文集－中国－当代
Ⅳ.① I267

中国版本图书馆 CIP 数据核字（2019）第 243683 号

DEDAO NI DE YIBAI ZHONG FANGSHI

得到你的一百种方式

崔书馨　著

版权所有　翻印必究

出 版 人：肖风华

责任编辑：刘　宇　马妮璐
责任技编：周　杰　周星奎
装帧设计：骉　玖

出版发行：广东人民出版社
地　　址：广州市海珠区新港西路 204 号 2 号楼（邮政编码：510300）
电　　话：（020）85716809（总编室）
传　　真：（020）85716872
网　　址：http：//www.gdpph.com
印　　刷：天津旭丰源印刷有限公司
开　　本：880mm×1230mm　1/32
印　　张：9　**字　　数：**146 千
版　　次：2020 年 3 月第 1 版
印　　次：2020 年 3 月第 1 次印刷
定　　价：42.00 元

如发现印装质量问题，影响阅读，请与出版社（020－85716849）联系调换。
售书热线：（020）85716826

目　录

看到你的笑容 我才能安心入睡

第 N 次
爱 上 的 人

chapter · 01

"太阳西沉，公路看似没有尽头，和他挽着手，心里却想，这样的地方也许一生只会来一次。每一个地方都一样，我看着他，也许他也会走。在告别的同时，现实让我们不断地学会不问未来。"

爱如空气

人是不能告别的，只要不告别，就一定能有再见的那一天。

1

在那些嬉笑的瞬间、对望的时刻，空气中窜动的电流，是爱吗？偶尔沉默的片刻，忙碌中不经意间的疏离是寂寞吗？

连续加班30个小时，不断地收到小毅的微信，温暖中伴随着烦闷。

"这两天很忙吧，都没时间回复我。"

"刚开完会，继续加班呢。"我一直在伏案工作。其实是因为上次带小毅回家见爸妈，妈妈对这个男朋友明显不满意，虽然不知道是哪里不满意，但是妈妈精神敏感是好多年的事了。

"这么厉害，我这两天在写法国恐怖袭击的英文稿，以为自己很忙，原来跟你不能比。"

"我继续写方案了，哭了。"我草草地结束了对话。

小毅发了两个拥抱的表情，我没有像热恋时回复红唇给他。

下班时，我告诉他。他依然是雷打不动地秒回。有时候惊叹他是不是把我的信息设置成极为震撼的让耳朵在0.01秒就能做出反应的提示音。

"吃点东西吧。"

"打算回家吃泡面。"

"太可怜了，可以备点燕麦啊，方便也比较健康一点。"

说完，他发了一条搞笑的视频链接，身心俱疲的我也没有打开的欲望。

下午收到了公司申请驻美国办公室工作的邮件，满两年的员工都可以自由申请，时间是1~3年自由选择。

我一直没有将准备出国工作的决定告诉小毅，我不想马上失去他，毕竟等知道结果之后再告诉他比较好，虽然自己一直默默地在准备。这个决定我只告诉过奶奶，因为在出国之前我一定会回去陪她。除了她，我从未告诉过任何人，因为世界上没有不透风的墙，一旦记性比她好的人知道，就天下人尽知了。

　　小毅和我性格不同，他是全世界都飞遍的记者，感情细腻丰富，有任何情感的波动，在我和他微信的沟通中都能看得出来，比如当他觉得为难的时候会在文字后面打上省略号，当他莫名思念我的时候会发来语音问我在做什么。对于是否离开中国，我犹豫过，但又自命不凡地认为自己一直处在上升期，于是与外界隔离，为国外的语言考试准备了 3 个月。那阵子蓬头垢面，切断了外界的干扰，离开闺蜜和酒友的社交，每天早出晚归去咖啡馆学习，自顾自地熬过几个月的时光之后，拼了命，尽了兴，结果很好。就在这时，我收到了家里打来的电话，奶奶病重。

　　小毅也给我打了电话，说他先回去帮我看看。

　　我走进监护室，看到大家的眼睛都熬得红红的，有那么一瞬间，我觉得自己非常自私。

小毅的手里拿着一个尘封的日记本，说是我爷爷的日记，奶奶让他转交给我的。他担心丢失还特意去影印了一份。

奶奶的嘴巴一张一翕的，半睁着双眼看到了我。妈妈说，你奶奶一直特别想你，你之前每年暑假回来她别提有多高兴了，总是对着空气说话。人老了，就容易糊涂，你当时刚刚探望过她，她还总是向别人提起你，问你怎么还不回来，为什么要上大学。复读的那一年，奶奶还开心地说又能跟乖孙女一起了，这一年争取不死。

她还是没有看清我，就离开了。我其实在内心非常怕她离开，怕最后一刻的到来，因为越是担心，就越是在心里给自己演练这一幕。真正来的那一刻，只有我没有落泪，因为知道她要和深爱的爷爷在天堂相聚了。

妈妈拉住我的手说："你和小毅打算什么时候结婚？这个孩子挺不错的，你个性一向粗枝大叶，有这样的男孩一直照顾你，我们才放心。"

我说："刚开始的时候你们不是还反对吗？说记者比不上商人，不能养活我。"

"那是我们错了，这个年代不需要谁养活谁，你自己不是也把自己养活得很好吗？"

我理解她。因为奶奶从来没上过学，后来嫁给了爷爷，一直被保护，在她眼中，这是女性最好的归宿。可我见过当年爷爷去世时，奶奶崩溃的样子，犹如世界坍塌，她常常对着空荡荡的床说话，我们都以为她疯了，后来才知道是我们病了，我们变得不理解彻骨的爱的样子。

"小毅，你知道奶奶和爷爷的故事吗？"
"只听说过一点，她给你的日记里面有吗？"
"有，因为奶奶不识字，但是大部分她知道写的是什么，听你妈妈说，是爷爷当时写完就会告诉她写了什么，她用心都记住了。我回来得比你早，听她讲了很多。"
不知不觉，我泪如泉涌，这个陪我长大的人就这样凭空消失在我的生命里，留下的日记本，让我更加难受。

2

小毅拍了拍我的肩膀，慢慢地给我讲述他从妈妈口中听来的故事。有关爷爷和奶奶，他们相遇的故事。

"我听说他们当年差一点分开，说是八字不合，爷爷当时不顾家里人的反对，硬是娶了奶奶，日子一直不是大富大贵，可用奶奶的话说，小富即安，小爱则满。"

"也就是因为这样一句话，奶奶才死心塌地地一直跟着爷爷。"

"当年爷爷被土匪绑架，被打得吐血，奶奶找了村里的人，哭着求壮士们一起去帮忙，最后救下了爷爷。当时奶奶正给爷爷松绑，不料在乱棍中被人打中，肋骨断了六根。也许是感动了上天，一年之后，奶奶怀孕了，后来陆续生了5个孩子。"

"我记得当时爸妈结婚，奶奶是反对的，有一阵子还闹离婚，我当时还怨恨过奶奶。"

"那是因为有了你之后，你爸爸的身体由于工作原因一直不好，爷爷是一个传统的和事佬，奶奶没有读过什么书，偏偏信一些鬼啊神啊的，就说找个人化解一下。那人说要假离一次婚，你妈妈当时受不了，也没完全理解什么是'假'离婚，就崩溃了。后来奶奶又跑去接你妈妈回家，但是你妈妈不肯回来，奶奶像做错了事的孩子，一直在哭。后来爷爷来了，陪着奶奶一起道歉，你妈妈终于回来了，奶奶再也没信过这些，家里后来再也没提过这些事情。"

"后来你妈妈跟奶奶的感情就越来越好。你妈妈真是一个好人。"小毅笑着说。

我很奇怪，一开始小毅知道妈妈反对我和他在一起，他也隐隐地暗示过，妈妈是个比较严格的人，从小对我管教严格，对我的男朋友要求一定也很高。

"爷爷当时总是教奶奶认字，在爷爷的监督下，奶奶也戒了烟。因为他们总是说自己老了，要更关注自己的身体健康。"

其实奶奶怎么会关注这么多，她就是一个爷爷说什么都听的人。

“后来奶奶由于爷爷病重，脾气性格都越来越不好，很容易暴躁，常常问你妈妈：'我是不是越来越让人讨厌了呢？'”

“你妈妈也常常安慰她，人老了，很多事情自己无法控制。”

“爷爷过世之后，奶奶就一直对着空气说话，自言自语，有时候听不清说的是什么。有一次你妈妈终于听清了，那时候爷爷去世已经一年多，奶奶还在说，怎么会死了呢，说着说着就哭了起来。她一直对着空气讲话，讲的都是对爷爷的思念。”

我也清楚地记得，奶奶常常跟妈妈说，人是不能告别的，只要不告别，就一定能有再见的那一天。

“这就是爱情。现在的人动不动就提及真爱，其实只是短暂到不能更短暂的热情而已吧。”我看着小毅说。

“如果不是你妈妈告诉我奶奶病重，我不会这么快决定，感谢她没有把我当成外人，又给了我一次机会，那我就该感恩不是吗？其实，用不了多久我也会去美国。"

小毅的眼睛亮晶晶地望着我。我看着他，想一直看下去。或许真正的爱情最后变得很简单，没有那么多痛苦，更多的是对于过去的成长的理解和包容，没有徘徊的余地，只能继续向前。

当你明白了爱情，爱人是心里永远陪着的那位。当你懂得了珍惜，爱人只是你身边正在和你共同经历的那位。

巴黎一夜

2016 年北京乍暖还寒的春天，北风呼呼地刮走了雾霾，明晃晃的太阳非常刺眼，我眯缝着眼，顶着大风，拉紧风衣，一路小跑地冲进跟吴迪约好的小酒吧。

我跟吴迪认识都是因为贝贝。作为我的发小，贝贝跟我唯一不同的是对男友的认证标准。我在贝贝眼里是标准的"过于物质"，成熟多金的商界精英才是我考量的目标；而贝贝钟爱各个门店的打工仔，有时是港台腔的茶餐厅小哥，有时是肌肉线条漂亮的潮牌店员，但是她这次迷上的是快车司机。有时候只能用他们在金钱鼓励下无微不至的周到服务让她感到满意，来解释她"长期对服务员心动"的世纪难题。

她每次看上人家都是托我去捎话。对我来说呢，一方面满足好奇心；一方面帮朋友解决单身问题，何乐而不为？只是遗憾的是，这个问题一直得不到解决。

进了门，吴迪已经坐在角落里吃着小菜喝上了酒，我赶紧凑了过去跟他打了声招呼。

吴迪是一个快车司机，前天夜里十一点，我和贝贝从望京看完半价电影叫车回家的时候，叫到了他的车。吴迪留着一头长发，很细但是不密，稍微有些自来卷儿，头发从头顶上顺下来，到脸颊处就蓬松开了，散着，风一吹就扫到了眼睛，于是他总是甩头发，一边甩一边用嘴配合着把头发吹开。

上车以后双方互道"您好"，吴迪声音不大，一口浓重的京腔，说话平和，碎碎叨叨犯着欠。上车跟我们说："哟，两位姑娘好，这么晚了可一定要搭伴儿啊。"

车开起来，吴迪开始跟我和贝贝聊天，问我："您是干什么工作的啊？"

我微微一笑说："嗨，公关。"

他说："哟，那您这是刚要上班儿去啊？"

"没有没有，我们是正经公关，企业公共关系的公关，不是夜店公关。"

"哦，您看，我这狭隘了，以偏概全了，不好意思。"

说"哦"的时候，吴迪拉了个长声，还在车镜里看我们俩的表情。

贝贝笑了笑说："不怪您，我们经常要花很长时间向别人解释我们的职业。你呀，下次就直接说干广告的，人家不就理解了。"

"我要是说干广告的，人家会问，地上那些都是你贴的吧？"

吴迪哈哈大笑。

"我看您这也是兼职跑快车吧？"我问。

"可不呢么，没事儿干，下班了就干干这个，天天在家憋着也就是喝喝茶，跟朋友坐坐，没意思。下班了出来跑跑车，一开始就是为了找个事儿干，后来发现这活儿挺有意思的，什么人都拉，什么人都见，挺见世面的。"

"那您本职工作是做什么的？"贝贝问到。

"我啊，我是搞景观设计的。"说完他又甩了甩头发，左手扶方向盘右手从兜儿里摸出一盒烟来，跟我说："您不抽烟吧？"北京人讲话对陌生人都说"您"，不是因为尊老爱幼，是因为不熟。

"不会。"我摇摇手说。

贝贝跟我说，我给你猜个谜语吧，她冲我眨眨眼，按照她以往的套路，明显是让司机也能参与进来。

"一老人在湖边钓鱼，一男人问：鱼这么干净，湖里没水草吗？老人说：我钓鱼 30 年，从没见过水草。然后，男人就投湖自尽了。请问：为什么？"

司机一个急刹车，害得我和贝贝都撞在了前面的座椅上。

"您能不能别讲这么恐怖的故事啊，姑娘？"

我和贝贝慢慢回过神来。

贝贝这个丫头笑嘻嘻地说："哟，师傅您是知道这个答案啊？"

"八戒，你不要闹了，开车的时候还是别讲这个恐怖故事了，这故事人人都知道啊。"我的语气略有点不耐烦。

"师傅师傅，您是不是知道答案啊？快说。"

司机沉沉地叹了口气，摇了摇头。车里的空气似乎凝固了，我们像被凝结成了琥珀一样，贝贝也安静了。

贝贝扑闪着大眼睛一脸无辜地看着我，我也不知道从何安慰，因为人总是不经意间说错什么，就会冒犯到一个人。

贝贝不一会儿就到地方了，下车的时候还跟司机说了"再见"，不太像她之前摔门就走的风格。

吴迪自顾自地点起了烟，烟夹在食指和中指的根部，他手指很长，烟放在嘴上能摸到脑门儿，因为人太瘦，吸烟的时候就嘬腮，看着尖嘴猴腮的，特别享受。

"那您也是艺术家啊！看您这一头长发就不一样。"我一边看着他一边说。

"嗨，哪儿就艺术家了，我这平时就是给小区盖花园儿的，您问我板儿砖多长我能告诉您。"

"那您这算行为艺术啊！"

吴迪告诉我，他们公司专门承包社区的景观设计工作，以及偶尔承包政府区域公共厕所建设的工作，用他的话讲："专攻建苗圃，兼职挖茅坑。"

吴迪最后把我送到家以后，他以为这事儿就算了了，跟我挥手告别。

"到家了吗？"我一看是贝贝发来的短信。

"当然啊，你今天怎么还问候起我来了？"

"你们后来都聊什么了？"

"说吧，你是不是看上人家了？"

"对啊，你叫的车肯定有联系方式，回头记得帮我捎个话，晚安了啊。"

下车以后我也觉得吴迪是个有意思的人，想起我一直跟进口相机客户念叨想做人物专访的事儿，用照片和文字讲尽人间百态。于是第二天我再一次拨通了他的电话。

"喂，您好。"

"您好，我是那天打您车的乘客，就那天从望京到东五环那个。"

"哟，想起来了，怎么了这是？东西落车上了？"

"没有，我想采访采访您。"

电话那头沉默了半天，说："您不是钓鱼执法的吧？"

然后就把我电话给挂了。

经过我三番五次的电话骚扰以及加了微信给他发了二百元红包以后，他终于半信半疑地决定跟我再次见面，这一天他车限号，于是又约在了我东五环住处边上的小酒吧见面。

"说吧，你想采访我什么呀？我不知道内幕，不搞实名举报。"

"这你放心，咱就平常聊聊天。"我把服务员叫过来，又要了一打啤酒，码了一桌子，打开一瓶给吴迪倒上。

"聊天就聊天呗，你还整个什么采访，你不是公关吗？装什么记者啊！"

"这你就不知道了吧，公关是综合指数最高的职业，什么活都得干，我还能干翻译呢。"

"得，这年头还是你们女孩儿厉害。"

喝了酒，他开始滔滔不绝地给我讲他的事儿。

吴迪说过了年，他就三十一了，土生土长的北京人，让家里在天津给买了套房，自己一个人住天津，每天开车来回跑，挣工资，够自己一人吃喝，除了抽点烟没什么不良嗜好，有人请客的时候才喝酒。说完端起酒杯指了指我说："这也是你请。"

我问他为什么住在天津，他说跟家里闹掰了，一个人清静，想离北京远点儿。看着他一头长发，我自以为是地猜，这可能又是一个曾经年少不经事的少年，因为青春年少的叛逆跟父母决裂的故事。

他的父亲是个艺术家，母亲是个企业家，从小家庭生活优越，接受良好的教育。他也有一定的艺术细胞，从小就擅长绘画，上大学以后学的设计专业，后来开始接触音乐，玩摇滚。当时他在大学里组建了一个乐队，是乐队主唱，偶像是 Guns N' Roses，天天生活得特激情：文身，通过同学组织全国各地高校小型演出，其实就是哪个大学学生会办联欢会了，他们通过介绍人登台给大家表演摇滚乐，通常唱完两首，台下的朋友们就都懵了，没人鼓掌没人嗨，多数情况都是他们乐队的几个人自娱自乐，面对一帮表情呆滞的学生想象着自己是摇滚天团，恨不得也在台上生吃活鸡，滋台下的人一脸血。

后来吴迪认识了他的女朋友，不玩摇滚但是热爱摇滚，朋克造型，用现在的话讲叫杀马特，一听吴迪唱歌就激动得哭，有时候号啕大哭，哭得他都不敢唱了。他女朋友不听摇滚的时候很温柔，十足小女生，两个状态特别极端，他喜欢。年轻的时候就喜欢刺激的东西，一次又一次地想要突破它，他说。

大学还没毕业，吴迪把女朋友带回家，跟爸妈说要结婚，要娶这姑娘。

"我爸妈哪受得了这个啊？我爸天天听贝多芬、画油画，我妈天天看英文报纸、吃牛排。一句话就是，坚决反对。当时就给我撅回来了。"

为了反对他们，吴迪他爸直接给他送出国，送到巴黎留学，继续学设计。到巴黎没多久，他女朋友就去找他了，在异国他乡见面的那天，巴黎的夜里下着小雨，两人喜极而泣在雨中紧紧相拥。吴迪认为自己第一次体会到了真正的爱情，就像那个经典法国电影《两小无猜》，两个人最终凝结在水泥中，吴迪觉得这个地方他来对了。

他们在巴黎生活了很久，吴迪并不怎么去上课，因为没打算毕业，本来也不是自己要求来的，加上年轻爱玩，就跟女朋友到处玩，去看摇滚音乐节，去玩跳伞蹦极。

"我这头发就是那时候留的，跟她头发一样长，那段日子就感觉这辈子就这样了，以为找到了真正的自由，挺好。"

后来他父母知道这件事儿了，逼他们分手，不分手就断绝父子关系，停了他的零花钱，他跟家里死磕，最后两人浑身上下就剩下了几十块钱，于是俩人跑超市买了点酒，在塞纳河边上喝酒，喝着喝着就喝多了。

　　"那天是真喝大了，喝着喝着就开始哭，哭完了笑，后来我女朋友说，咱俩死去得了，我说行啊，脚底下就是河，跳下去就死，反正你也不会游泳。

　　"刚说完她就拉着我奔河里冲过去了，我以为她吓我，我是男人不能怂啊，拉着她的手一起往前冲，到河跟前了，她真的拉着我跳下去了。下去以后酒一下就醒了，河水是真冷，我一开始就呛了几大口水，本能地开始在水里扑腾。那一瞬间，我觉得生与死的距离其实特别远，如果你不想死，死之前这段时间就很漫长，漫长到一秒钟像一辈子。而她是真想死，我还扑腾着，回头就看见她在水面上没影了。后来一个法国老头儿费劲巴拉地把我从水里拉上了岸，我看着流动的河水，有一种人爬上来了，魂被冲走了的感觉。

　　"回国以后尝试过去学游泳，没学会，太吓人。"

　　吴迪说完以后，我俩沉默了半天，不知道说什么，后来吴迪举起酒杯跟我说："我给你唱首歌儿吧。"

　　他走到舞台边，把手机里的伴奏传到了电脑里，拿起靠在墙根的吉他，坐上了吧椅，头发遮住了他的脸，光束晃动着偶尔能照到吴迪的眼睛，伴着音乐弹起了前奏，那首歌我听过，是 Guns N'Roses 的 *Don't Cry*，他在上边唱，我在下边默默地跟着哼唱：

Talk to me softly.

There's something in your eyes !

Don't hang your head in sorrow.

And please don't cry !

I know how you feel inside I've.

I've been there before.

Something changing inside you !

And don't you know ?

Don't you cry tonight !

I still love you baby !

Don't you cry tonight !

Don't you cry tonight !

There's a heaven above you baby !

And don't you cry tonight !

我不打算再跟他提起贝贝。

不存在的爱人

1

相爱多年，我总是感慨我初遇杏田的时候，感叹于她明艳的美、难以想象的平易近人。而最让我由衷欣赏的是透过诸如歌手这样的光环，看见她那颗历经这世界的纷扰却不曾磨灭的、充满才情的心。她总是能把白 T 恤、白球鞋、素色衬衫穿得好看，小腿诱人，像流星一样耀眼。

我的音乐工作室因为她才有声有色，我沉迷于供养她的梦想，就像看着自己的美好愿望一点一点被实现。

后来杏田参加了大赛，慢慢地，光环越来越多，她太出色了，是我所认识的街头歌手里面唯一做过三年验光师的歌手，她知性的气质皆因经历所致。现在的小有名气在我意料之中，随着艺人通告越来越多，她跟我的对话越来越少，我想让我们的感情一直像之前一样不断地升温。我在计划让我们的爱回到过去。

最近我一个人在居酒屋喝酒，为了消磨没有她陪在我身旁的时光，微醺之时常想起当年我追求她的时候。她背着大大的吉他在地下通道里，唱着清新又励志的歌，大多数上班族匆匆地走过，有的瞥上一眼，有的驻足停留，有不急于上班的人会留在原地跟她一起哼唱。杏田就是有这样的魅力呢，我拿出了自己的吉他跟着她一起弹唱，绝大部分曲子都带着非常明亮快乐的感受，有人评论说，"如果不是两情相悦的人，一定弹不出这么快乐的音调"。

跟她唱到下班高峰结束，"我们去吃饭吧"，杏田热情地建议，我开心地答应着。

后来发现，想一起在春去夏来中跑过漫长的时间，一起分享那么多个日落时分的粉红色天空，虽然我们都是安静的人，但一些笃定又不确定的好感，一些默契又暧昧的时刻，回想起来都是一种难以磨灭的感觉，它们就这样被写在晚风里。那些贴近彼此呼吸的瞬间，和不经意间触碰到双手引起的害羞和尴尬，都是我和她刻在心上的限量记忆。

而这些记忆一旦没有与时日一起增长，就会让你的心隐隐作痛。

随着邀请她演出的机会越来越多，我和她就很少有这样相处的时间了，但是当我做完丰盛的晚饭，她依然偶尔会提议一起慢跑，虽然不及之前频繁，这仍提供了两个人维持感情的必要的安全感。我们在同样的节奏下奔跑，当我步子大的时候会下意识地调整节奏让她跟上来。看到她有汗滴落的时候，我立刻抽出纸巾为她拭去，她睁着大大的眼睛，扑闪地看着我，就这样久久地看着我，眼里全是依赖。天色渐渐暗下来，夏天的风吹得人很舒服，我喜欢在这个时候猛地亲吻她。

2

我最近熬夜创作想为她写一个专辑，希望可以重修旧好让她感动，杏田应该是有所察觉，她说："邝进，不要太累了，我做夜宵给你吃。"

我愉快地答应。

她在做夜宵的时候总是会带手机进去，之前她是不可能带手机进厨房的。而且更可疑的是，她时不时会翻看手机，有时候嘴角会流露出笑意，嘴角的浅笑像湖面的涟漪，很久才会散去，但是为我端上饭菜的时候却又变得格外平静。

"杏田，你怎么拿手机进厨房？"我实在忍不住问了出来。

"我看看粉丝的留言。"

"对，尽量不要回复他们。粉丝都很疯狂的，他们会一封接一封地发给你，然后向别人炫耀和你的交流。"

"放心吧，不会的。"杏田拍了我两下就走开了，我感觉不到任何与往常相似的爱意。

吃完饭后，我习惯地将厨房打扫干净，把杯子和餐具擦得铮亮。在厨房还是能听见她笑出声音来。

晚上睡觉的时候，我下意识从后面搂住她柔软的身子，她一点一点往相反的方向挪动身体，我的心沉入了冰川深处、深海之底。等她沉沉地睡着，呼吸逐渐均匀，我终于忍不住打开了她的手机。

看到她在和一个笔友交流，写得认真而露骨。

杏田："你什么时候回来？"

栗落："最近一直坚持跑步锻炼身体，计划去尼泊尔徒步，然后去夏威夷潜水，回来就去和你见面。"

杏田："我们仅靠每天彼此的问候坚持着。中间也有误解，闹过矛盾，但因为在乎对方，愿意退让。"

栗落："总觉得两个人不在一起，就很容易产生误解。比如很晚了没有联系，连续几天没怎么好好说话，还会揣摩对方的语气。"

杏田："而我们只是短暂的异地而已。如果是长期无法见面的异地，甚至异国，是不是就代表感情不再有希望？"

栗落："如果是没有结果的感情，在一起的意义又是什么？深爱着对方，明知道没有结果，是一方中途就强制结束掉，还是等彼此的感情慢慢淡却，让一切自然地结束呢？"

杏田："后者往往是最好的选择，但大多以第一种方式结束，一方还在维系着，一方已经放弃。但是我不会放弃你。"

栗落："我们明天下午 2 点公园见吧。"

杏田："好。"

栗落："我的腿跑步的时候受伤了，走路一瘸一拐的你能认出我的。"

_3_

他们约定的日子一直在下雨。开着窗，空气凉凉的。我没盖被子就睡着了，醒来后觉得有些感冒。

我和杏田的家能看见远处的山，平时都以是否能看见山来判断当天的空气质量。

就像今天，早上那山还是清晰的，现在就有点朦胧了，我的眼睛湿润了。因为今天他们要见面，我早早地就走到了街心公园，藏在喷泉旁边的绘画艺术家身后。

杏田先出现了，穿着淡粉色的连衣裙，柔软的长发，美得像一首诗，多可惜啊，她已经变心了。

过了几分钟，一个高大的背着旅行书包的帅气男生向杏田走去了，并不是他们邮件中说的那样一瘸一拐的。杏田给了他一个大大的拥抱，久久不肯放手，他们看起来那么相爱，让我无地自容。

我终于无法控制住自己的怒火，猛然起身，似乎撞倒了什么也顾不上了，直接向他们大步走过去，想把他打倒！不料我的左腿好像受到了严重的撞伤，走起路来一瘸一拐的，但还是坚持走到了他们身旁，朝着杏田大喊："你怎么可以这样对我！"

"你……你是？叫邝进的？"

"你难道不认识我？我整天和你生活在一起啊。"

杏田身边的人把她保护住，让杏田躲到他身后。

杏田声音颤抖着对身边的人说："栗落，就是这个人，他一直骚扰我。"

"就是你邝进，你一直不断地给杏田发邮件，她从来没回复过你。我和杏田结婚后，每天都会在这里跑步和约会，你还在给她的邮件里写你受伤了，但是杏田从来没回复过你，我们会报警的，你好自为之。"

我像一条濒死的鱼，大口大口地呼吸着干涩的空气，打开了手机邮箱，收件箱空空如也，发件箱里都是我发给杏田的信，像是一个个沉入深海之底的石子，从未激起过任何一次涟漪。

无论是在任何时空，在工作、在上网、在独处、在聚会的时候，我都曾试图搞清楚什么是真实的，什么是虚假的。我发现虚拟的网络还有我仅存的真实情感，我发现我是虚无的，我发现一切也是存在的。

杏田："因为你的爱情是想象中的爱情，其实它并未来过、发生过和失去过。"

邝进："不存在的情人，就不会离开我身旁。"

在我设置了密码的收藏夹里，杏田明明给我回复过一封信的。

不会说话的爱情

1

裘真和王希是我大学实习时候就认识的朋友，一起在穿 Prada 的女魔头和比女生还精致的男生群中成长起来的。我们三个在一起实习了七八个月之后陆续转正，要知道在这样全球排名靠前的公关公司转正是多少海归和"海带"的梦想呢！我们三个靠着英语系的优势及心甘情愿加班的态度得到了大家的认可。

转正的那天也是裘真和匡摇确定恋爱的那一天，她下班的时候跟我们说："明天咱们一起吃饭吧，我带男朋友。"

"你在男生对女生毫无兴趣的公司竟然能交到男朋友？"我和王希都感到惊讶。

我们三个一起在偌大的办公室里加各自组的班，开会改方案讨论个没完，夜里 11 点的时候，突然想起来我们还没吃晚饭。我们高高兴兴地点起外卖来，说起来，楼里茶餐厅 50% 的产值都是我司加班员工创造的。大家的眼睛都熬得通红，更惨的是我们三个为组里叫好外卖，外卖骑士送来了，却根本停不下手边的工作。等到把方案发给客户，终于可以放心享受 1 小时夜宵的时候，已经是第二天。

"这饭吃得真早，公关人都活在被生物钟叫醒之前。"

王希吼了一嗓子："真是不想干了，图什么啊，转正月薪 5000 元，缺了这点钱活不下去吗？"

裘真特别冷静地喝了一口已经冷掉的咖啡，淡定地说："别闹了，当然活不下去。"

"快趁月黑风高，讲讲你和你男朋友怎么认识的？"

"我跟他在秘境 App 上认识的，都是在那上面吐槽公司。"裘真一边抿了一口咖啡一边对我说。

"他也是在这个大厦里？"

"对，他是集团里一个广告公司的美术指导。"

裘真打开了手机页面开始分享并炫耀自己终于脱单这个事情。

手机里，匡摇说："第一口啤酒多么漫长，在触到嘴唇的时候，这种带有泡沫的金黄色物质变得清凉，然后缓慢地经过过滤苦味的软腭。"

裘真一脸得意地问我："怎么样？是不是很有才华？"

"还可以，这话是菲利普·德莱姆说过的。他应该是看过书，或者至少是单向空间的菜单。"

裘真翻了我一眼，问王希："怎么样？是不是很有才华？"

王希拿着她的手机开始往下翻。

裘真写道："人生最重要的不是努力，不是奋斗，而是抉择。"

匡摇在下面回复道："当你走到人生的十字路口，不知道方向的时候，请停下来，好好想一想，你是什么星座。"

王希哈哈大笑。

我说："别人笑起来很好看，但你不一样，你笑起来很好笑。"

心想我也知道在这个秘境上说话的套路了，就是话锋一转严肃变搞笑，可见现在的男女青年靠打字就能够实现惺惺相惜。

2

周六的时候裘真带着她的精神王子来见我们，他头发比我头发最长的时候都要长，一直到肩膀。

我们在一个花朵元素的餐厅里谈笑风生，尽量默契地回避开他们是如何认识的这个话题。

匡摇一直看着手机，裘真吃每一口食物的时候都不忘先用叉子喂给他。

裘真终于忍不住了问："你在玩什么游戏？"

"城市黑洞，不停地建楼，你看特别好玩，你也下一个。"

他认真地回答她字面的意思。

裘真朝我们看了看，我回避了她失望的眼神。

王希用眼神笑着传达，"他不理你咱们聊"的中心思想。

"晚上记得给家里买电啊，我晚上得用电脑玩。"匡摇说。

"好。"裘真答复道。

居然已经住在一起了！我和王希用眼神交流。

"咱们什么时候去蹦极？"裘真问他。

"等等看，等我玩完这一轮就告诉你。"

裘真开始和我们一起埋头吃饭，不再问任何问题。

这是我对匡摇的第一眼印象，还真是网友一般清淡如水。

3

上班后，我们三个一起吃饭的时候，裘真一脸认真地问："你们觉得他怎么样？"

我说："还可以啊，只要你喜欢就好了。我们毕竟没有正经交过男朋友的经验。"

王希说："我觉得还是不要抱有太大希望，还是那句话，开心就好。"

感情本来就是没有办法给任何建议的，人与人都是不一样的，每段感情关系自然不一样。所以怎么解释都对但是又都不对。

"他昨天晚上又打了一晚上游戏。"

"那你在干吗？"

"我就看着他，然后越看越寂寞。"

"那你找点别的事情做，比如方案看看能不能再美化一下然后发给客户呢。"

"对，她说得对，你就找点你自己的事情做啊，你不是爱看悬疑推理剧吗？看看里面男女主人公怎么处理感情的。"王希附和道。

4

裘真自从跟他在一起之后，基本每天都阴晴不定，消息一旦发出就开始一直看手机等他的回复。

"他要是死了怎么办。"王希有些看不下去了。

裘真的眼泪竟然流了下来。我和王希眼睛和鼻孔一同放大，一脸的不知所措。

"能找到一个喜欢的人还是非常幸福的，享受这个过程就好了，不要有期待。我还是那句老话。"王希说。

"他说不定现在在忙着，比如游戏打到关键的环节，比如客户正在让他改广告语。"

"昨天晚上我看见他的秘境聊天记录了。"

"他除了秘境还有别的爱好吗？"我尽量把话题转移，因为看到裘真的热泪已经在眼眶蓄势待发。

"他还爱好打游戏，爱看《加菲猫》，我也在练习打游戏，《加菲猫》的漫画也买了全新的自己看。他在城市黑洞里面认识了另外一个游戏级别很高的女孩。每天晚上他都很晚睡，一边玩游戏一边和那个女孩子聊天。"

"你为什么会看他的聊天记录呢？"王希问。

"这个不是问题的关键。"我努力调整话题的方向，不想让话题跑偏。

"他从来不关显示器，我给他做夜宵的时候他刚好睡着了。"

"他们两个好像约好了一起去坐热气球。他之前还说要跟我蹦极呢，真希望他的热气球升不起来。"

后来裘真自己请假去坐了热气球。我们三个人的微信群里她发了一段长长的信息："当身体上升到几千米的高空时，很想握住一个人的手，有一种想从中汲取一些安定的冲动。天空湛蓝，空气稀薄，热气球教练像骑士一样守护着，一个月之前还希望现在同我一起在热气球上的人是匡摇。

"我望着天空发呆，幻想着一旦线断了，身体降落到一个陌生的城市，面对来往的陌生人群，一定可以忘记不愉快的一切。

"然而到了一个遥远的地点，站在一个自己从未想到过的经纬度坐标的时候，我才发现了旅行的意义，并不是像歌词里写的那样'离开我，就是旅行的意义'。我在遥远的旅店抱紧一床没有味道的被子，来寻找缺失已久的安全感。在远处挂在山尖的夕阳，都是在他的身边我所未曾看到的风景。"

我和王希两个人呆呆地看着手机群里裘真的信息，心里说不出的难过。但是没过多久，这种难过又被工作淹没。

她在云端俯瞰着这个整齐划一而又幼稚如积木的城市时，这个城市正掌管着相遇，掌管着争吵，掌管着每一个转角可能会遇到的光芒。

而裘真却热切地等待着春风化雨，等待着暴雨骄阳。

"最喜欢的旅行是去当地和本地人生活一阵子，旅行的两个要素——文化和饮食，在这两者中也许会发现他们的规律吧，就像地质和气候一样。你可以试试那种一直陪着你的老实人。"我回复道。

5

裘真不久就回来了，面色红润，笑靥如花。
我和王希私下里还讨论她是不是邂逅第二春了。

裘真说:"改天咱们一起吃饭吧,匡摇也在,他现在很乖。他跟我道歉了,每天晚上玩游戏的时间也少了。"

我和王希缓慢地点头。

裘真说,在匡摇的《加菲猫》漫画里看过这样的一段话:"加菲不小心走丢了,被卖到了一个宠物店,它非常担心它的主人乔恩会思念它成伤。在一个清晨,乔恩走进了这家宠物店,店主热情地问他要不要买宠物,然后乔恩发现了走失的加菲,再次把它买回去了,然后皆大欢喜。在故事的最后,那个世界著名的肥猫加菲说,'我永远也不会问乔恩,那天为什么走进那家宠物店'。"

如 果 真 的 可 以

重 新 来 过

_____

chapter · 02

"有的人，天生危险。对 TA 说的字句着迷，对 TA 的故事上瘾，看见 TA 就是身心都感到清凉的时刻，是的，一定有很强的魔力。"

第二人生

"恭喜你啊杨总，新的 X 客户全年广告比稿又成功了。"

公司品牌部的负责人第一时间在杨柳面前宣布喜讯，声音高了八分贝，全公司的人都听得见，这是继昨天邮件通知之后的第二次公开表扬，按照以往的惯例，至少要持续一星期。当事人也理所应当地高兴一个多星期。接下来的时间，就是将奖金都用来请同事和朋友圈里的好友，通过他们发聚会相片到朋友圈里再引发另一波的祝福和请客消费。

大家在饭桌上难免开始替杨柳总结他的人生究竟有多么成功，还不到三十岁就已经是顶尖公司的创意担当，住着高级公寓，开着总部配给他的进口跑车。他总是感慨周围的朋友比他都要了解自己的过往，毕竟有些成绩他已经忘却，但是其他人如数家珍，或许总有人斤斤计较别人的得失。

聚会之后宿醉萦绕，睁开双眼就是一片无穷云层，浮游于万里之上，杨柳感觉到皮肤有些干裂，嘴里呼出微凉的空气，脚下是轻薄的云朵，他温柔地向空中小姐要一杯温水，空中小姐嘴角扯出一点点职业微笑，瞬间按灭了服务指示灯，递上了一杯温水。

杨柳的很多创意灵感都是在这样的长途飞行状态中获得的。孤单、傲立于世界之上。颠簸时轻闭双眼就是人生的不确定，周围的人，你看我，我看他，大家的紧张或是空洞，多多少少都有些相似。他也总是生出一种唏嘘，为各个品牌想出的创意不过就是一种唏嘘，或者是孤独的填充。

前面洋洋洒洒，到头来不过是白驹过隙人生似梦，都是虚景。

他看看手机日历，还有一周就是三十岁的生日。恍然想起五年之前，公寓附近天桥下的那个算命先生，他曾对杨柳说他完全可以掌控自己的人生，一切全靠他自己的选择，选择哪一种都可以顺利度过。

一种是平淡的家庭生活；一种是毫无疑义地光鲜地实现自己理想的生活，但是算命先生并没有说后一种生活到底有多寂寞。

杨柳回想起五年前和女友分手之后就再也没有恋爱过，倒是遇到过很多人，但这些人来来往往，他最后竟连名字都忘记了。像大学之前的同学一样，常常莫名其妙地收到请柬，但是实在想不起来是谁，甚至怀疑他们是否真的寄错了人。

看看收件人又确实是自己，有时候实在分不清是现实还是梦境。

"你终于来了。"

"您知道我会来？"

"当然。很多人时隔多年都会来这里找我，都是对生活有疑问的人，无论赚了多少钱，住的公寓有多豪华，自己把墙壁都装修成了钢化玻璃也不影响人生的迷茫啊。"

杨柳感叹，他真是有神一样的能力，连家里玻璃都能算出来。

"你这几年过得十分顺利。"

"如您所言，但是我当时不知道会有这么寂寞。"

"寂寞是一种什么感觉？"

"总是会时时想到死。"

"其实你还有另外一种人生的选择，在你生日之前你还可以体验下，但是一过夜里十二点你就要回归到寂寞，或者是现在的生活一切照旧，不知道什么时候会遇到真爱，或者拥有一个孩子。"

"我愿意尝试。"

算命先生说完就把面前的水晶盘砸碎了。不远处有个三岁左右的甜美小女孩喊杨柳"爸爸"，身边跟着一位似曾相识的温润女子，对他说："老公，你在这里干吗？"

杨柳一向是不相信奇迹的人，面对这样的景象竟然也有些无法招架。

"我们一起回家吧。"小女孩棉花糖一样的甜蜜温柔和妈妈竟有几分神似。

家庭生活琐碎至极，他得到了平淡生活的同时，变成了一个爱玩游戏、有着朝九晚五工作的小公司职员。到家会抱着女儿半睁着双眼打游戏，杨柳十分适应但是又觉得十分无聊。

直到开始进行返回真实世界的倒计时。

12点准时，家里灯光逐渐暗淡，杨柳留恋地说，我才刚遇见你们，还没有好好地告别。

"哈哈哈哈……"震耳欲聋的笑声无比刺耳地从阳台传来,公司的同事们一起涌出来祝杨总生日快乐,欢迎回到现实世界,"妻子"和"女儿"竟然也在中间看着他微笑,公司负责人说,这是为极有创意的你准备的一份"穿越式"惊喜,是否让你满意?

杨柳怒视着周围的人,一怒之下将桌子掀翻。

随着餐盘依次落地,杨柳在梦中惊醒。

妻子摇着躺在白色病床上的他说,你过完生日了,跟你一起在便利店打工的同事们喝得烂醉,都被送进医院了,你看你都三十岁了,还是这个老样子,就没变过。妻子一边说一边摸着胖儿子柔软的头发。

杨柳使劲揉着眼睛,原来自己浑浑噩噩的生活从来没有改变过,好在有妻子,有可爱的儿子,虽然自己依然不争气,但也知足了。

飞机偶遇事件

1

在准备新书的过程中，我急缺一段第三者的内心戏作为素材，于是带着明显的功利心，我约Bella去香港血拼。

航班延误了3小时终于准备起飞，我们习惯性地选择坐在 W 区，这个区介于头等舱和经济舱之间，英俊潇洒的看不出性取向的乘务员热忱地为我们服务，端茶送报，无微不至，好像刚与他恋爱一般。对他的服务 Bella 都一一接受并报以礼貌和不卑不亢的微笑。

她是我喜欢的女子类型，干净清爽，坐在她的旁边我都能感觉到有风穿过我，但是又不觉得冷。

飞机呼啸着起飞，高空平稳之后，她摘下了降噪耳机，跟我说："你知道我和 Wayne 分手了吧？"

"知道啊。"在她秒删朋友圈之前，我就截屏了她的内容。

"你正好约我散心，我很欣慰，我以为前同事中不会有人再理我了。"

"一个巴掌拍不响，不是你的错。"

"是啊，淡了就是淡了。我都三十三岁了，比你大七岁，却不觉得和你有什么代沟。"

"咱们也有共同点嘛。"

"第三者？"

"感情丰富吧，我靠写字为生，感情还是要纤细敏感些。"

我之所以这么迫切地约 Bella，想必她也知道我的目的。对于我来说却是因为我听说了 Wayne 作为一个外企高管，给他懂事聪慧的女友一个月多少钱的生活费。这个数字我道听途说之后竟然有要吐血的冲动。

我刚入职不久的时候，Wayne 送了我耳机。因为经常出差，有一次出差时在飞机上，Wayne 给我升了头等舱跟他并排坐着，飞机起飞时，我的耳朵感觉到一阵刺痛，痛得我龇牙咧嘴，返程的时候他就送了我昂贵的耳机。

当时我戴着耳机醒来，第一束日光穿越了漫长而没有尽头的夜晚，从国际航班的窗透过窗帘投射到了座椅上。椅子宽大而柔软，空气微冷，我盖着毯子，看着熟睡的Wayne，像看一个志同道合的朋友，毫无生疏和距离感，没有慌张。撩开遮光板，用手涂抹开附着在玻璃上的雾气，外面是阳光照耀下的白色云海，绵长得像一次重逢之后的呼吸。飞机遇到气流之后开始轻微颠簸，行向前方一片芒果色的晨光，窗外的空气像被漂洗过的半透明琥珀，温婉沉郁。就这样，我的美好沉默变成了深邃的谜，栖息在某处，无人知晓。

2

出差回来之后，我的脑海里反复描摹这样的画面，每次都觉得明天会是美好的一天。然而事实上也是如此，不快乐的时候那么少，笑的时间那么长，无论是日光月华，还是微雨洁风，都是心跳所带来的，就像我现在可以看见你们一样，是个多么有时效性的命题。

一天比一天更努力地工作，加班到看到日光微亮，我才安心入睡，因为心里有了惦念就更踏实些。

后来 Wayne 几次约我吃饭，我都欣然赴约。

"今天加班到几点，如果不是太晚，我在北京亮预定位子，带你看风景。"

"应该不会太晚。"

我利用中午的时间把文件都提前处理好，未到下班时间就拿着化妆包进洗手间，参照杂志上本季最流行的妆面，打造最流行的日本宿醉妆，黑眼圈太重，就用粉红色遮瑕膏遮住眼睛下面和眼周的暗沉部位，再稍微扑些散粉去除油分后，用金色眼影膏在眼皮、前眼角和卧蚕部分稍稍涂抹，将面霜状或水润质地的粉红色腮红少量涂抹在紧贴着眼睛下面的部分，晕染出自然的渐变效果即完美。

"今天你的脸真是桃花一样。"Wayne 看着我笑着说。

"是不是神清气爽？"

"是，跟我之前每次看到你都不同，感觉你在办公室是不是快要睡着了？还是整天构思小说？"

"差不多，白天想想晚上要落笔的小说结构，晚上才

49

能下笔如有神。"

"真是一个有计划的姑娘。我还是很欣赏的。对了，你和 Bella 很熟悉吗？"

"不算熟悉，因为她是流程编辑，可能跟每一个同事熟悉的程度都是差不多的。"

"我认为她很有意思。"

我不由得开始怀疑 Wayne 约我出来的真正目的，也许只是为了更进一步地接近 Bella，比我白天构思的情节，还要缜密。

后来听其他同事说，Bella 和 Wayne 似乎已经在一起了，而且集团里知道的人都在疯传 Wayne 给 Bella 奇低无比的生活费。

前同事都喜欢叫 Bella 三姐，顾名思义，第三者。Bella 是公司里的流程编辑，干的是与杂志编辑完全不同的事情，她负责每月的稿费登记发放、杂志错别字和语法错误的统计及处罚执行。她不厌其烦地做着在部分人眼中看似鸡肋的工作，积攒半年工资送自己一个名牌包包，我们都以为是 Wayne 送的。她也对几个人说是 Wayne 送的，但其实同事看到是她自己买来的。

<u>3</u>

为了得到工作上的便利，快速得到报销，我还是每周都约她吃个饭。在交流两性关系方面，Bella 颇有心得，我跟她说，我和男友的感情虽然不是令我十分满意，但是我还是会和他纠缠至少一年的时间。她常嫌弃我对爱情太过天真和认真，说我和现任男友在相处的过程中生理和心理都处于下风。我问她为什么。她说，这个男人吸引你，而后他的强度也让你满意，所以连锁性反应就是你的心理和生理都在被同一个人吸引，就像我以前爱喝可乐，那我口渴了第一个反应也是去买可乐，但是有的人爱喝茶水、果汁、咖啡，这都是一个道理。

我若有所思地点头，认为自己似乎到了一个该找个相伴一生的对象的年纪。

跟 Bella 约了几次午饭之后，她就开始跟我敞开心扉。

她对我说："你知道吗，其实我的故事还是可以写一本小说的。"

我见过无数人对我说他们想写一本自传，最起码是所有擅长想象爱情的女生都有这种想法。

通常面对这样渴望倾诉的女性我都会诚恳地洗耳恭听。

"那跟我说说你和他的故事吧。"

"他是公司的高管，从外形到内在完美得无可挑剔。"

"那你被他选择真的是荣幸之极！"

"不算完全地被选择吧，他还是有老婆的，也有在外界看似温暖的家庭。"

这是从他的角度来讲，跟她在性生活以及暧昧的感觉上是完美的，或者对他来说是舒适的，可以维持长久的。我忽然不知道怎么跟 Bella 解释，她不是他的太太，但是他会跟她维持关系，甚至比他的婚姻更长久，而且这样的男人也不会胡搞瞎混，也不会再有第三者。

"给我说说你和他的小故事？"

"有一次他在我那里过夜，之前我是不知道他结婚了的，因为他的手上没有戒指。"

"很多人不习惯戴戒指啊。不能以你自己的标准去界定别人。"

"后来他的手机响了，我只是出于好奇就看了他的手机，微信里显示的是一个女性的名字，内容是：老公明天几点回来，我把螃蟹按时下锅。我当时脑子'嗡'的一下就炸了，但是第二天还是像没事儿一样，一看到他实在是发不起火来。"

"复杂人性关系里确实有一种关系是，也许他有一身的缺点，也许他不像你爱他一样爱你，也许跟着他会吃苦，但是相比这些，你更不能忍受的是离开他。"

"你说得很对，我还不想放弃他。"

吃完饭，我们会在办公楼林立的园区散步，中午的时候赶上了有人求婚，排场不小，玫瑰花瓣几乎覆盖了喷泉一圈，Bella 拉着我挤过去观看。

"Bella 你看，那个婚戒好像卡地亚的。"

"也可能是京润珍珠。"

"也可能是蜜丝佛陀。"

"八宝山产的舍利子。"Bella 一脸不屑。

我一直以为 Bella 是憧憬婚姻的，于是问她，干吗嘴巴这么狠，她说，憧憬还是憧憬的，但是不太憧憬别人的婚姻。

4

有次 Wayne 的妻子抱着孩子来公司"探望"她。她从海量的杂志里露出头来说，高管办公室在对面。我们当时都等着泼热水、破口大骂的戏码，两个气场不相上下，但是打扮天壤之别的女生，确认了对方之后，讲话的声音越来越大，直到开始动起手来，我们忍不住出去观看。Wayne 的妻子哭闹不已，坐地不起，一个行政部的小伙无奈地劝着："你别闹啦，大家都在上班……"Wayne 的妻子高声急促地说着话，由于人十分瘦弱，哭起来呼吸就变得很急促，只感觉哭得很伤心。周围的人真的很同情她，完全不同于电视剧里那些学院派情绪表演，精致虚伪又煞有介事。在场的女生们，应该是包括我在内，永远都不想亲自经历这些。那是一种相当动人的哭泣，动人心魄，如果你没那样亲自哭过，你一定要亲眼看一次。俗一点说，就是那种"青春"——这词现在有点说不出口啊——的感觉。

过了快一个小时的样子，围观群众三三两两无声无息地注视着局势的发展。眼看不会再有高潮了，正好也到了下班的时间就各自散去。

5

两位与同一位男性有关的女性从此划清了界限，开始了人生战场的宣战。

"后来我父亲做手术，Wayne 开始帮我垫付医药费，他还是不错的。"Bella 辩解道。

"你试过争取他吗，比如从他的家庭中，让他解脱？"我试探性地问道。

"在感情里，一定要弄清楚自己的感觉，别人只能帮倒忙，我之前听别人的建议试着争取过，但是发现，其实不是没他不行。但是他只要主动找我，我也会沦陷，就这样在一起或者说是消磨时光也不错。"

"你的父亲好些了吗？"我问。

"小手术，也都痊愈了，不过也促使他做了一个决定——后来他和他老婆离婚了，"Bella 说，"我当时以为他一定会娶我。虽然可能性比较大，但是自己又隐约地无法确定什么。你知道吗，女生一定要相信自己的直觉，当你有了某种预感，那就证明这感觉一定是真的……他离婚之后就和我分手了。"

我倒吸了一口冷气。

"在婚外有女友的男人，他的婚姻一定是有问题的，就看他怎么面对这个问题了。多半精英很多旗在飘而不倒。"

"你怎么还戴着他送你的项链？"

"到香港就扔掉。"Bella 的眼里流露出不舍。

飞机突然遇到强大的气流，陡然下降600米。大家的心都提到嗓子眼，堵住了似的，无法呼吸。

之前 Bella 说过，她很怕颠簸。因为她几乎不用出差，也不习惯坐飞机，有次飞机遇到强大的气流她还惊声尖叫，引得周围乘客行注目礼。但这次她比任何人都要沉静。

古人云，人固有一死，或重于泰山，或轻于鸿毛。而这一飞机人的命运，就在泰山和鸿毛之间沉浮，总有些不由自主。

飞机终于在开始下降之前平稳，需要写入境卡，我们都没有带签字笔，于是问空乘要。

空乘的态度很冷淡："没有笔！"

我问："有水吗？"

"没有。"他像开启了复读模式。

"有种人走茶凉的感觉啊，"Bella 感叹道，"那就不写了，下飞机再说，总有办法。"

"是人走茶干。"我补充道。

"到了，我也跟你说完了，香港咱们可以各玩各的啦。"Bella 说。

忽然我脸上泛起了红霞，一切就像尘归尘，土归土。

我知道，是我不好。

飞机到了指定停机位后，我删掉了 Wayne 发给我的求婚短信。

到了香港，气温骤降，我穿上外套还觉得凉飕飕的，才突然意识到夏天已悄悄结束，说突然其实也不突然，窗外也已渐渐安静下来，特别是此刻的夜里。

敢不敢

1

辛良对我说："你知道吗，你命里缺我。"

"什么时候缺的？"

"从小时候啊，咱们俩第一次在家属大院见到的时候。"

"六七岁那年吧，你刚刚搬进来，爬山虎爬遍了整栋小楼。"

"是啊，你探出头来迎接我。"

"你想得美，我才没迎接你，我就是看看楼下卖西瓜冰和凉糕的老奶奶来没来。"

"你记得这么清楚？一定是编的。"

"跟全家一起搬家还有时间看小姑娘，可见你好色的本性。"

“你这个丫头讲话又凶又狠的。”

“我没凶啊。”

“对，你是没胸。”

“你真烦。”

我看着二十七岁的辛良，觉得这些年过得真是快，他依然如一阵香软的风，时不时吹进我的梦中。想要伸手去拉他手的时候，他会挣脱，我去追，梦就醒了。有几次梦里哭醒，回想，如果他没有搬进这个院子，我当时不曾向窗外低头看，或者他不曾抬头，这个漫长的故事就不会发生。

2

那天阳光充足，或者是自己情绪在作祟，辛良是第一个进入我这个六岁小女生视线的男孩。后来我就没有对别人投射过赞许的目光。辛良从小学到初中一直在我身边。

刚上小学的时候五点放学，他会打电话跟我说："今天的作业是什么啊？"

我一边把书包里的书本全倒出来，一边拿起数学课本开始跟他一道题一道题地说，通常会说一个小时左右。

有时候电话是爸爸接到的，他起初是开心地跟我说："小彤，辛良有电话找你。"

几个月之后爸爸就开始反感。

"你妈妈不管你，你就天天跟男孩一起玩是不是，怎么不见女孩给你打电话？"

我从小就跟了父亲，他的独断和保护，我多半是可以理解的。

第二天我就跟辛良说："作业要是记不住，放学我们可以在路上说。"

辛良开心地笑了，我和他站在杨树下，阳光透过巴掌大的树叶细细密密地洒下来，斑驳的倒影流淌在我们身上，不经意间闯入了平静的心。

于是我放学回家的时间就越来越晚。

辛良总会找到理由拖着我回家的时间，秋天的时候路过桂花树，他跟我说："你用力闻，蝴蝶就会被你强大的吸气流吸引过来，看过《还珠格格》吗？会有一样的效果。"

我就顺势装傻配合他。

"小彤，你知道前面的蹦床玩一次多少钱吗？"

"一个小时也就两元钱，咱们去玩？"我提议道。

于是两个人就一直蹦到天黑，那个时候通信还没有发达到小学生都拥有手机，晚回家没告诉父亲的我，被他逮到，在全是小学生的人群里，被他劈头盖脸地一顿怒骂。

"你再继续这样就和你妈妈一样，不思进取，这么小就跟男孩子在外面玩还不知道回家。"

父亲连看都没看辛良一眼，直接用力扯着我的衣领带我横穿了铁路，回到车上。我回头看辛良的时候他已经在呼啸的火车背后，桂花就这样一片又一片地散落。

后来父亲给我报了小提琴班，放学后除了到家里休息30分钟的时间，其他的时间连同周末都被音乐课填满。小提琴老师是一个极度斯文的大学生，从领口到指甲都一尘不染，夕阳透过白色的纱帘洒在他长长的睫毛上，我总是会盯着出神。这是一个温柔的父亲或者是长兄的形象。他的手会握住我小小的手，教我握住旋涡状的琴头，我的心犹如小鹿乱撞一样的刺激，短暂的一瞬间竟然忘了辛良。

小学毕业，我的小提琴技艺已经达到可以去参加市里比赛的水平，每次父亲在台下看我的时候，我都觉得他也是在欣赏自己的作品，赢得比赛，获得掌声，远远大于看我和辛良玩蹦床时候的快乐。

我和辛良迷迷糊糊地升入了初中，体育课的时候，我由于生理痛就停了下来。辛良也跟着我停下来。

"辛良，你停下来干吗？"

"老师，我肚子痛。"辛良擅长以轻松幽默化解老师对他的疑惑。

他绕开大家走到我坐的花圃边。

"你还在练小提琴吗？你老爸是不是想让你考艺术学校？"

"不知道，我学得挺开心的。"

"你敢不敢换个老师？我在家属院里见过他几次，觉得怪怪的。"

"不换。"

"你得相信男生的眼光，我也挺疑惑你老爸的，那么多女老师，非给你找个男的，又比你大那么多。"

"你闭嘴吧。"

辛良讪讪地跑开了。

后来，有几次我送小提琴老师离开的时候，看到辛良。

"都开始送他了啊，之前没见你送啊。"

"你每次都监督我，是吗？"

"想得美，我每次帮家里倒垃圾的时候都能看到那个道貌岸然的家伙从你家出来。"

事实不出辛良所料，小提琴老师果然在我获奖之后用力地亲吻了我，那种初吻被夺走的感觉，吓得我夺门而出。辛良依然在楼下晃悠，看到我大惊失色的脸，他既想闪躲但是又一直坚定地跟在我的后面，陪我到花园里，从太阳将落到月亮爬上了花树，他一句话都没有说。

3

后来父亲不再让我练小提琴了，高中课业慢慢紧张起来。唯一不变的是辛良一直在我身边。再后来大家配备了手机，我们开始发信息交流。

辛良担心我的话费消耗太大，每次都为我充好话费，下了晚自习他会骑着自行车绕路载我回家。周末的时候找借口不去补课，两个人约好在有宽大桌子的韩国咖啡馆一边看书一边聊天，其实大部分的时间都是在对视，或者两个人一同打量身边的过客。

辛良计划利用自己并不擅长的体育特长加分，于是每天都尽量拉着我去跑步。

我和他几乎每天傍晚都一起跑步，在红色的跑道上，全是青春和荷尔蒙在空气中膨胀扩散的味道。一开始是一群人一起跑，各个年级、各个系，自由组织，但坚持下来的人越来越少，很多人逐渐放弃体育特长，到最后跑的人寥寥无几，只剩下体力不支的我和体育成绩并不突出的辛良。

高考的前夕，他带我去了摇滚音乐节，两个人在海边听着摇滚乐。由于考试压力很大，我索性把头发剪得比男孩还短。辛良时不时摸摸我短短的头发，从背后抱着我，海风很大，我在他的怀里一动也不动，感受着蓝色的海风穿透了我们，但是一点都不冷。

"等我考上大学就送你个礼物。"

"什么礼物？"

"和你没有娱乐的童年有关的礼物。"

我心里早有答案。

4

辛良高考失利，上了一所普通高校的土木工程系。我被父亲送到国外读大学。

我和辛良就开始日复一日 FaceTime，他跟我聊的无外乎是系里女生长得都不如高中同学，过了几天终于有好看的女生转学过来，似乎可以拯救一整个系的男生于水火之中了。随着我迫切融入不列颠社会，每天晚上要逼着自己跟室友聚会的一个月里，很多次都错过了辛良拨打过来的 FaceTime。

　　大概这个世间有一种悲伤，是无数的杯子落地，但是听不见声音；看得到裂痕，但是心碎的程度有限。和辛良彻底不联系的那一阵子，我不是特别的难过。因为周遭总是会有新鲜的事物不断地涌入，不能被一阵一阵的聊天打扰。晚上我该睡觉的时候正是他起床，而我真的很困。很多日日夜夜，室友会带不同的男孩回来，他们有时候在沙发上亲热，有时候在厨房折腾，我感到被抽空一样的寂寞。

　　我暑假回国的时候，辛良瘦了很多，五官也更立体。我细细打量，带着猎奇的口吻问："系里的女孩有没有主动追你的？"辛良低着头，不看我，也不吭声，只是茫然地站在那里，似乎被我盯得不太好意思。想到这时候的他还是那么忐忑不安地爱着我，那么不堪一击，我忽然感到一阵愧疚，对辛良说："在英国，我没跟任何男孩上过床，你如果想要我现在就能得到。"虽说鲁莽,但是二十几岁的荷尔蒙已经无法控制,快要溢出来了。

"你怎么了?"

"你难道不想我吗?"

"想是想,但是你在出国之前也没这样。"

如五雷轰顶一般,我的血液从全身涌向大脑,喉咙像被抽干了水分,每呼吸一次,心脏都有强烈的抽痛感。我头也不回地离开了他。

回到英国之后,辛良没再找过我。

我的思念开始泛滥,爱人之间的频率似乎无法保持一致。每次给他发起视频通话的时候,他几乎都在开会,然后被无情地挂断,一开始他小心翼翼地解释,再到后来他的解释中伴随着烦躁,最后他直接不再接听。

当他想和我聊天的时候,我提不起兴致,当我想把自己的一切交给他的时候,他又无力承受。我们都在外太空,注定无法厮守。剩下我留在空旷的记忆里茫然捂着伤口,心想如果可以选择,我宁愿这一切从未开始。

5

辛良在他二十七岁生日的时候约我见面，那些往事就像电影般重现。

"你愣了好久了，小彤。"

"我只是在想我们之前的事情。"

辛良苦笑着说："是我没福气，一直没有拥有你。"

"你已经赢了。"

"太在乎输赢，最后只能输。"

"我下周就嫁给别人了。"

走出咖啡馆的时候，店里已经要打烊了。他走在我身后，我迈出了几步之后，他紧紧地抱住我。就在那一瞬间，我觉得我们之间一直以来的感情都是恬淡、自然、没有任何欲念。这难道还不够理想吗？我为什么还要和别人结婚呢？

镁光灯光柱下，黑色燕尾托出优雅的倒影，虽然岁月不饶凡人——爸爸已是微微驼背了。他摊开纸，伸手把话筒调整在布满胡茬的嘴边，弄得一阵电流声。灯光随之直射在我的脸上，强烈的白色灯光晃得我十分眩晕，我在原地站立了几秒钟才缓过神来。

辛良就站在不远处，拿着那个曾经要送给我的小提琴。

"对不起，我迟到了，这是给你的礼物，迟早要给你，就选在今天吧。陪你在一起的二十年，从没开口说'我爱你'，这三个字太重，我以为自己无法承受，但是今天站在这里，我才知道，更无法承受的是你成为别人的妻子。"

爸爸看着他，微微一笑。我以为他会对辛良破口大骂。他只是看了看我，也看了看辛良，长吁一口气。

来参加婚宴的人们，通常是抱着祝福之心，这样像电影里的情节，应该是第一次见，从进门就开始一秒没消停的七大姑八大姨的眼睛和鼻孔纷纷一起放大。

我看着辛良，像看自己十几年的青春时光。决定把它们从阳光转化为负熵，就这样安静地储在记忆里，只是留在记忆里。

昏迷事故

美子下午的时候还在实验室做研究，工作间隙，她看了看窗外的夕阳，有粉红色的暖光。东京的秋天总是这么美，美子心里感慨道。

刚转身准备投入工作，她忽然觉得头部受到一个重击，来不及看到袭击者，身子已不由自主地砸到地上。

不知过了多久，美子从昏迷中醒过来，感觉喉咙一阵干渴刺痛，像被插进了干枯的木棍。美子眼望四周发现自己被困在一个金属的箱子中，前后左右，只有单人床大小，但四周密闭。胳膊一阵刺痛，她发现有长脚蜈蚣在手臂上爬来爬去。美子的尖叫声在密闭的箱子中回荡，几乎要震破自己的耳膜。

美子挣扎着感觉到缺氧，浑身是汗。她脱下了白大褂，手机掉落在身边。幸好，美子感叹道。

她打开了紧急呼叫页面开始拨打110，电话那头通了。

"你好，请问是事件还是事故？"

"你好，我是久尚美子，是事故，我被锁起来了。"

"你在哪里？"

"我不知道自己的位置。"

"如果不知道你的位置，我们无法帮助你定位。"

"我在实验的过程中，感觉头部遭到重击。"

"实验室在哪里？"

"D大的化学科地下实验室。"

"我们马上派人过去。"

美子又等了一会，在幽闭的空间中很难有安全感，紧张得她又给110拨通了电话。

"你好，美子，我们刚过去了没有发现任何异常。"

"你们说会来救我的，为什么没有找到我？"

"我们无法根据您的地点进行准确定位。"

美子觉得自己的胸腔像被堵住了，无法呼吸。与对方仅有的电话交流无法进行让她感觉十分恼火。

"我还需要提供什么你才能知道我的地址？"

"你可以打开手机，查看下 sim 卡，这样我们可以根据运营商进行定位。"

"我现在就打开手机。"

"看到运营商信息后请再打给我。"

美子用工作卡上的胸针打开了手机上的小孔，抠出了 sim 卡，看到了运营商。平时自己是从来不关心 sim 卡的运营商的，更没兴趣去打开手机设备，这些都是由野田帮忙的。啊，好想念他，可是通讯录里根本没有他的电话号码，准确地来说，没有任何联系人的电话号码。

"我知道我的运营商了，是 doco 的。"话音刚落，美子忽然觉得箱子开始移动了。

"我被移动了，就在往我脚的方向！"美子激动地对电话那头说。

对方依然声音平静地说："还有别的发现吗？"

美子忽然听到了风琴的声音，毫无节奏韵律，如同噪声一般接连不断。

"我，我，我听到了风琴的声音。"

"我们已经为你定位到 D 大学附近的一所教堂，请你耐心等待，警察大概 10 分钟后可以赶到现场。"

30 分钟过去后，美子再一次拨通了 110 电话。

"你们为什么没有过来？"

"我们的警察已经去过了，没有发现任何异常。"

"刚才不是已经告诉你了吗，还有风琴的声音。"

"可是我并没有听到风琴的声音啊，我可以重新播放我们刚才的语音记录给你。"

美子听到语音，除了自己歇斯底里的呐喊声以外没有任何声音。

美子陷入了绝望，恳求着接线员："请不要挂断电话。"

"请问你的电量还剩多少？"美子看到电池已经显示只剩 5%。她哭着挂断了电话。

忽然有一个未显示的号码拨进来，美子接通了。这是野田的声音。

"美子，美子……"她能清楚地听到野田的呼唤。

"野田快来救我，我在……"美子拼尽全力说出了自己所在的地址，在饥饿干渴的生理极限下。

"美子，美子……"

野田似乎根本听不到美子的呼唤。

手机电量已经耗尽。

忽然之间箱子被打开了，格外刺眼。

四周围绕的都是美子的同事和学生。

山本教授对美子说："这是你申请的脑部反应研究啊，人在极限条件下，脑部物质的化学反应成果。"美子笑着看着大家。

不一会美子醒来，发现自己还是躺在密不透风的箱子里毫无变化，原来刚才的一切只是一场幻觉。

"美子，美子……你该不会永远就这样了吧？"野田拉着美子的手说。美子的妈妈在旁边不停地哭泣，虚弱得像一个影子。

医生说："她现在是植物人状态，不知道接下来是怎样的结果，有的人会逐渐恢复，有的人可能……"

美子成为植物人已经三年了，她对外界的感知在于外界对她的刺激。

喉咙像被干枯木棍插进去的时候，是医生在为她上呼吸机；蜈蚣在手臂上爬行时是每天抽血化验；风琴的声音是定期的 CT 声；偶尔的光亮是眼睛被医生支开用手电观察瞳孔。

她已经渐渐地有了感知，但是还没有支配自己行为的能力，她听得到野田的呼唤，近在眼前，又远在天边。

婚姻阵线联盟

<u>1</u>

只有在京都，才会恍惚于今日与千年的时光之间，在某个站点体验到天人合一的乐趣。

雨过后，空气有湿润的气息。夏末秋初，色彩缤纷，如同三十岁的年纪，体验过酸甜苦辣，看过生命的此消彼长，也看到其中的欢喜或者无奈。有时候，爱情对于我来说十分奢侈，被"远在他乡"或者"生活琐碎"遮掩得永远可以是下一个去想的问题。

幸运的是当时和我一起留学到这边的几个要好的同学，都已经尘埃落定。有一对是因为我才步入婚姻殿堂的，这真是一件很有成就感的事。

万晴和周枫就是我的朋友。

每每我们三个一起在路上走，总会引人侧目。因为我们从小长大的，感情很要好，至少外人看起来都是这样，周枫常常走在中间，我和万晴会相伴左右。

万晴加班的日子里，周枫也会找我到居酒屋释放下婚后的压力，讲讲社里的琐事。

和居酒屋的中国服务员熟悉了，他看到我们就直接用中文打招呼下单，只要是店里出了新品，周枫一定会点一份尝鲜，一个原因是打折，另一个原因我也实在想不出来。

"今天有鸡蛋碰石头，你要给女朋友试试吗？"

"哈哈，她不是我女朋友。"周枫笑着解释。

"那来一份吧。"我说。

服务员贴心地一边演示一边说："这道菜叫鸡蛋碰石头。"他把蛋液倒入滚烫的石头上，"鸡蛋爱上石头，爱得粉身碎骨。"

我和周枫都笑了起来。

"再来两瓶波子汽水。"

他总是习惯点这种儿童饮料。他拿着瓶子说："我觉得这算世界上最猥琐的汽水了。"

我疑惑地看着他。

"珠子会因胀气而堵住瓶口，你不能用手捅，因为会喷射出汽水，一定要用嘴含住瓶口，再用舌头顶开玻璃珠。"

我尴尬地笑了。看着外面的天气，秋雨寒凉，一场雨冷一天。

周枫总是能察觉离他距离近的人的感情变化，得心应手地拿捏着合适的距离，就像我们同窗那么多年，他在追求万晴之前一直不露痕迹地对我示好，万晴直到现在都毫不知情。

我们吃完饭走出居酒屋，他裹紧大衣说："万晴要和我离婚。"

我的心提到了嗓子眼，一句话想说却又忘了要说什么，半张着嘴愣愣地站在小街道上。

"这太突然了。你们刚结婚不到三年。"

"我们反正也不回去了，对国内的父母就一直瞒着，你也不要告诉他们。"

"好。"

"我只是疑惑，为什么这两年感情逐渐淡漠，两个人也没有谁肯特别主动。"

"两年，就一直平平淡淡？"我的眼睛和鼻孔一起放大。

"是，这两年咱们三个在一起的时候确实还不错，但是只要是我和她在一起，她总是默默的一个人，有一种无法融入的气场，和咱们上学的时候完全不同。"

我所了解的万晴是一个想在京都一直过踏实日子的人。之前我帮她介绍进一家大企业，公司定期出国旅游，她还经常欢欣雀跃地跟我说会带周枫一起去。

不过仔细想来，她旅游的日子里，周枫好像都会约我出来谈心，我也只当他是随便说说。后来，她只在大公司待了一年多就去了一家小公司，我也不奇怪她的选择，可能是稳定的婚姻需要一个以家庭为主的人。她刚换环境的时候也对我说，心里还是向往大公司，上班可以画有质量的图，但是又想留在小公司，工作轻松自在。扛不住专家级别的同事，又看不惯低俗无品位的客户；想往上走太难了，混日子又太无趣。

我懂她，我的当下也是如此，或者是毕业后无论回国还是留在日本的青年们，也是如此，徘徊于舒适和理想之间狠不下心来。就算知道自己想要什么又能怎样呢？

"按照法律，我的财产要分给她一半。"

"你是过错方？"我有些无法相信自己的耳朵。

周枫说，在这样的婚姻里，没法不犯错。毫无亲密，找各种理由不在家，我对于她在你我之外的生活其实一无所知。

　　天色一点点阴暗，我和他就坐在居酒屋外的椅子上没挪过地方，服务员每隔一会就给我们倒些热茶。

2

　　周枫说，那天其实很巧，万晴要随公司去伦敦，他就带着一个跟他示好了一段时间的小女孩回了家。

　　万晴正好那个时候回来，就斩钉截铁地说要离婚。

　　虽然我觉得他们的感情不疼不痒，可是也算是半个亲人，毕竟目睹了他们从同窗到伉俪的过程。

　　还记得当时万晴害怕坐摩天轮，我硬拉着她坐。她说不明白摩天轮是为什么而存在的，很缓慢只是高而已。而在我眼中，过山车和环形滑车都永远无法企及摩天轮的高度。不过坐上去之后，她好像明白了，也带周枫来坐。她后来对我说，摩天轮就是为了和喜欢的人一起慢慢地跨越天空才存在的，也许还说着"有点害怕呢"。

　　那么多心动的时刻，共同度过那么多美好的日落时分，三个人的友情会因为其中一个人的改变而彻底失去平衡。

"你如果愿意就帮帮我，看看万晴的心里究竟是怎么想的。"

周枫说着说着，眼睛像秋天的枫叶一样红。

我看着眼前这个格外虚弱的人，答应了他。

我找到了万晴，她说她已经从小公司离职，打算清闲一阵子。

"你怎么想到来找我的，是周枫让你来的吗？"眼前的万晴格外的谨慎。

"是他让我来的。"对于同窗实在没有说谎的必要。

自从周枫和我说完万晴的变化，我和她就逐渐有些疏离。其间她约我看过一次新上映的电影，在黑暗的剧院里，频频打开手机查看信息，手机屏的灯光照射出一个三十岁女人俏丽的笑颜。

万晴笑了笑看着我。

我们默契地走到了常聚的日料店，中国服务员又上来热情地打招呼。

"万姐，好久没看到你带周枫来了。"

"你上次不是还问我是不是周枫的女朋友吗。"我笑着说。

中国服务员谨慎地看了我和万晴一眼，果断地走了。

万晴爽朗地笑了，看着我说："其实服务员没跟上我和周枫的速度。他没想到我这么快就放弃了。"

"服务员知道你们俩的事情？"

"我之前让他帮我盯着点周枫，他带来的女孩都让他开口问一句是不是他女朋友，所以你一定会被问过，因为周枫一定会带你来。"

"你该不会怀疑我和周枫……"

"当然不会，周枫如果足够喜欢你，早就出轨了，不用一直等到现在的，在成人的世界里，等得太久，爱情只会被消磨。"

"除了我以外呢，服务员有没有别的发现？"

"当然，是很重要的发现，除了你之外就是我认识的人了，那个人也是我介绍给周枫认识的。周枫带她来餐厅的时候，服务员也问了一句是不是女朋友，周枫回答说是。"

如果是我，一定是五雷轰顶的感觉吧。

"那个人是谁？"

"是我公司其他部门的同事，小姑娘以调戏男生为乐。我就想铤而走险找她试探下周枫。"

"你为什么要试探他呢？"

"他的亲吻和拥抱越来越少。"

"他跟我说的是，你两年来没跟他有过亲密的生活。"

"每次我想主动，他都很疲惫，慢慢地我也不想了。但不是没有，只是频次比较低。"

"后来你就让小姑娘主动去引诱了？"

"对，后来小姑娘还真的跟他相处出感情了，付出了真心，有时候我路过她座位的时候，她都笑得花枝乱颤，我当时很想打人的。有好几次我想就这样放弃了，但是多亏了这个小伙子。"她的眼神转向了远处的服务员。

"他很温暖，总是给我鼓励，让我放弃鸡肋一样的感情。跟周枫没有亲密的那段日子我很难熬，还学会了抽烟，每天看着天亮，每次闭眼就是噩梦，有时候梦见他还和我在一起甜蜜，但是醒来后就更加难受。"万晴有些哽咽，去了洗手间，回来的时候，眼睛红红的，像秋天的枫叶。

"那次小姑娘跟他吃饭也是他通风报信的吧？"

"是他，他跟我说小姑娘跟周枫吃完饭就离开了，席间他们谈到了要回他的住处，他就给我打了电话，我正好逮个正着。"

服务员看我们相谈甚欢，就给我斟满热茶，还端上了一碟和果子，对我说这是明天才要上的新品，万晴微笑着看他。

我从来没有真正体会过绝对的孤独是什么样子，但是今天听着万晴的讲述我好像感受到了，任何一种孤独其实都会被拯救。即使自己被困住，陷入绝境，总会有人伸出手解开虚伪的绳结，激活假死的时光，然后世界蒙上的那层薄薄的冰块就消融了，一切露出了新鲜温暖的本质。这个时候那些挫折就被遗忘了，一个温暖的手心拯救了你的整个世界。

阴沉的天空下起了小雨，我和万晴索性就坐到了店打烊的时刻，听着连绵不断的雨声，好像生活中让人觉得乏味的部分永远不会停下来，待我们饮尽了一壶热气腾腾的绿茶，雨才渐渐不再落下。拥抱过后跟她简单地告别。

中国服务员给万晴披上了自己的外套，用宽阔但略显单薄的臂膀拥着她，向市区的方向走去。

店外的花丛里有些花朵被雨淋落，仿佛花开花落就在一场雨之间。在温暖的光下，草叶青绿透亮，掩藏着一个旧旧的小水罐，盛满清水。

看 到 你 的 笑 容

我 才 能 安 心 入 睡

chapter · 03

"我顺着他的脚步，有时踩在他的脚背上，没有方向没有节奏地旋转，没有数着节拍，任由他的爱情带我去任何地方，他有些湿热的手握着我的手心，而我闻着这个了解最深的人的味道，他在我耳边轻轻地开口，却不说话。"

可乐男孩

可乐是我们公司的一个男孩，一个普通的热情的北京南城男孩。

每次大小活动结束的时候，我们都会吃涮肉，他坐在我对面，就着麻酱蘸涮肉的大快朵颐并滴汗的形象一直令我印象深刻，他的汗滴好像每次都能滴到油碟里，但是他自己偏偏看不到，我常常计算那麻酱碟的咸度会增加几分。我们通常办一场中型的活动只要 4 个人，每个人独当一面，如果一个人能力全面，那么很有可能他会独当很多面，可乐很不幸就是这样的人。

活动中，他的脖子上常常挂着毛巾，总是不停地擦汗，无关四季变幻，毛巾永远是同一条。我在认识他之前，很难想象怎么会有人这么容易出汗。

两年前我们办一个粉红跑的活动，由于只有他让我最放心，于是就让他带领几个讲粤语的摄影师，在偌大的园博园里租用三轮车全程跟拍。那个夏天很热，他的毛巾好像几次浸透了，这个不知疲倦的男孩坚持在活动结束后不厌其烦地和我一起挑照片，从各个维度分析哪张照片适合发新闻稿或者是适合发微博。他那天全程跑的路程不亚于获得冠军的跑者。

待大家都回酒店休息后，他终于挑完了，跟我说："Susan，我们去吃饭。"

"你不再挑一会了？"

"他们都走了，咱就可以吃饭了。"

"刚发现你演技不错啊！一脸努力的样子挑着照片，我已经被你骗了。"

说完他就带我去吃一家广东本土的猪肚鸡，据他说非常正宗。

店里熙熙攘攘，夹杂着粤语、港普、普通话及东北普通话。

"我特喜欢广州。"

"那你为什么不来这边？"

"我马上就来了。"

我的眼睛和鼻孔一起放大。

"我爸身体不好，可能需要我多挣钱，男孩子嘛。这年头无论男女都要多挣钱，养老金还是要提前准备好。社会就交给大家了，我要去追寻自己的梦想了，二十岁之前感觉自己活得像三十岁的人，现在二十五岁，应该也能让我活得像二十岁吧。"

"可是你爸爸身体不好，难道不是应该长久地陪在他身边吗？"我补充道。

"我看过你的小说，我觉得你无法理解一个像我这样的人的心情，无法深刻描绘出来。我觉得你特适合去丽江。"

"我不喜欢出去。"

"你总在家里不无聊吗？"

"总是会被问'你在家不无聊吗''你每天都在家做什么啊'之类的话，如果让我跟每个人说一遍我从起床到睡觉的过程，我觉得是件很白痴的事情，况且我说这些只是为了证明我不无聊吗？

"宅又不是无聊，这件事很多人都不清楚，时间对于有着广泛兴趣爱好的人而言，是非常珍贵的，包括逛街购物我都是有目标性的，买好就回家。大部分的社交在我看来更是毫无意义浪费时间，我喜欢充分安排好自己的时间，做自己制定的一切任务。

"问这些话的人，都是人生非常无聊的人，他们除了工作以及工作带来的社交，可能就没有其他需要花时间和精力的兴趣爱好了。而你明明不像这种人啊，你居然能问出这种话！"我说得自己都要声泪俱下。

"你适合遇到一个正在弹琴歌唱的男子，戴着一顶遮住半边脸的帽子，这样的男人特适合你。"

"你居然开始操心单身青年的问题了。"

"当然，在我彻底离开北京之前，我还是想把我要对你说的话说完，你应该多体会不同的生活，比如旅行。"

"我的天，我好讨厌那些以旅行卖弄不成熟文字的旅人。"

"你缺乏经历。"

他话音刚落，我们停顿了十几秒，他明显是怕冷场的人，这时恰好走过来一个卖花的小女孩，手里拿着玫瑰花对他说："大哥哥，给姐姐买枝玫瑰花吧。"

他毫不犹豫地买了一枝，对小女孩身边的大人说："天黑了就早点回家吧。"

他把玫瑰花放在了自己的包里说："我回北京的时候带给我妈。"

"玫瑰花不是送母亲的啊。"

"管它呢，你看你就是缺乏生活。"

跟可乐走在深圳湿热的大街上，热气朝我们汹涌着、翻滚着，蒸着我们正青春的脸，他的汗一点一点地从头顶流下来。我忽然开始感慨人生的艰辛。

不自觉地哼着李宗盛的那首《山丘》：

望着大河弯弯 终于敢放胆
嬉皮笑脸 面对 人生的难
也许我们从未成熟 还没能晓得 就快要老了
尽管心里活着的还是那个
年轻人

唱的是他，也是我们。

"我老妈特——喜欢花。"

可乐，像大多数北京人一样，描述一件极为夸张的事情就会把"特"拉长音，然后闭眼的瞬间说出自认为会震惊四座的话。

"我妈一直认为，只要勤劳地栽培，植物就会不停地给你回报。比如美咲会染上白粉，但是她每天都给它洗叶子，让白粉不泛滥。欧月密集的枝叶也会导致红蜘蛛的光顾，定时喷药也可以防范。之前被老爸剪坏的紫阳花也渐渐丰满起来，现在春夏秋都有花开。她还打算再种一棵冬季开花的植物，比如梅花之类的。这样一年四季都有得看。

"我爸没病那会，天气很好的日子里，我常跟父母一起打扫完房间就出门购物，买束切花，全家一起在外面吃一顿老北京涮肉，无人无工作打扰的周末真是美好。阳台上的植物陆续发芽开花，春意盎然。"

听着这些各种品类花的知识，实在很难想象这是一个皮肤黝黑、满头大汗的男生跟我讲起的生活细节。

"我跟公司申请了转到广州这边来，一来是我可以奋斗了，有些关系在广州用得上；二来我可以定期回北京看我爸爸。"

"你爸爸怎么了？"

"瘫痪在床很多年了，我妈一直在他身边。"

"所以你一直那么拼命地工作。"

"习惯了，工作我喜欢，也能挣钱，何乐而不为？只是在北京没办法开展自己的伟大事业。"

"啥事业？"

"服装啊，你知道我喜欢潮牌。"

他问我喜欢大小 IT 吗？我先是打消了这个问句居然

出自他口中的质疑，因为一直觉得他穿搭的状态像《我爱我家》中有一集讲和平失忆岁月静好外加一条毛巾的怀旧派，没有想到他热衷于潮牌，再后来他又说到主要就抢购 FCUK 和 Fred Perry。他也喜欢 Massimo Dutti 和 Brooks Brothers。

"挣钱吗？"

"试着干吧，我能吃苦，男孩嘛。"

"父母等你结婚生子就会放心了。"

"我应该不会结婚生子，真心欣慰我的父母没有为我牺牲太多的自我，他们有自己的生活和感情，不会因袒护我责备对方。我觉得我小时候可能有些时候很委屈，比如他们打架的时候，会诅咒他们离婚。后来发现，他们确实因为我才决定忍受枯燥乏味的生活，又变得很感激他们；再到后来，他们的关系逐渐好转，或者是老了，吵不动了。一想到我的父母没有被我拖累，我就感到满足或者是心存侥幸。

"现在的夫妻明明可以下班后打打游戏喝喝酒看看书聊聊天，却因为有小孩的存在，这一切都可能被放弃，照料孩子占用生命中大部分时间。他们在不明白婚姻为何物的情况下就这样在双方家长的催促下结了婚，婚后问题不断，互相折磨。或许，这就是所谓父母的牺牲吧。"

"可是人人不都这样吗，按照上一辈的方式，20%～80%的程度不停地复制着。"

"但我不想，我不想，总可以吧。我尊重别人，希望我父母也尊重我。不要因为你们自身的原因而导致的牺牲，却硬要把其他人也拉下水才心满意足。说着'谁都要经历的''会习惯的''谁不是如此啊'这种话。只不过是一种变相的报复罢了。但我不愿意，至少现在不愿意，后不后悔也是我的事，不用替我操心。"

"这年头男孩女孩都得吃苦。我们又回到了刚才那个话题。"

"快别说人生了，你连人还没生过，吃猪肚鸡！"

汤里浓中带清，有浓郁的药材味和胡椒香气。猪肚温润白嫩，入口爽脆无比，我连着猛灌两碗汤。可乐一边擦汗一边笑着看我，一脸的成就感。

"你在北京吃过猪肚鸡吗？"

"没有呢，吃过那种猪肚锅底的火锅。"

"你看我又该鄙视你了，你这么瘦，就是被工作虐的，来深圳就多吃猪肚鸡。在清朝，宜妃刚生完太子，因为宜妃有胃病，产后身体虚弱，乾隆吩咐御膳房炖补品给宜妃吃，可是她吃什么都没有胃口，凤体日渐消瘦。宫里的太医想尽办法做各种名贵补品给宜妃吃，还是无济于事。御膳房想到"药补不如食补"的方法，于是把民间传统坐月子喝鸡汤的做法加以改良，把鸡放进猪肚里加上名贵药材炖汤，宜妃吃后果然胃口大开，胃病逐渐痊愈而且肤色也红润有光泽，美艳动人呐。你多吃，多吃。"

可乐一直一边擦汗一边嘱咐我多吃，好像连着吃几碗我就会美艳动人。

吃完热气腾腾的猪肚鸡，我们走出餐馆，在高高的路灯下，他的汗出得不再那么猛烈。微微隆起的肚子让我忍不住笑了起来。

"笑我肚子啊？"

"对啊，猪肚。"

他又带我去一个小酒吧。

刚到的时候人不多，我们便选了最靠近舞台的位子入座，木质的天花板，简单的舞台，光线昏暗却有充足的蜡烛，以及一些莫名的酸楚。他跟一个看起来认识很久的歌手打招呼，向歌手介绍我是他的同事。歌手客气地对我说"幸会"。

"这里可不是丽江，这里一点都不柔软，也没有酒托。"可乐问我，"你喜欢听什么歌？"

"他最好是随便唱，我喜欢随缘。"

他唱的多半是一些老的情歌，歌声不算好听，算是喜欢临场发挥的非实力派，但是听得出来很用力和用心，声音像一匹在午夜梦境中疾驰而过的白马，偶尔抬起头，烛光辉映，心生安宁。

"喝一点白啤酒，一个杯底，你在外头可别和别人喝酒。"可乐一脸严肃地说。

一口啤酒多么漫长，在触到嘴唇的时候，这种带有泡沫的金黄色物质变得清凉，周围的空气也变得清凉，然后缓慢地经过了过滤苦味的软腭。

"让他给咱们唱《山丘》。"

有两句歌词，我记得特别清楚：

喋喋不休 时不我予的哀愁
向情爱的挑逗 命运的左右
不自量力地还手 直至死方休
……

"我觉得等我来广州，咱俩的联系一定少了。"

"为啥？"

"你缺乏生活，现在的人都是随缘，我跟你在一个办公室缘分最多也就两三年，各奔东西再不联系也是很正常的事情。"

我点点头，其实我都知道，只是不想承认罢了。

他去了广州不久就辞职了，因为服装生意确实比工作挣钱多了，他的审美相比其他的服装店主算得上眼光水准比较高的。朋友圈里由之前的一些文艺图配搞笑吐槽工作的段子日渐变成明星同款，偶尔听别的同事说可乐变得浮华得很，但是我知道他是不会变的。这些只是生活的日常，他们只是缺乏生活，或者是缺乏一种标志性的质感。

后来我们又见过一次，他回北京看父亲，顺便约我见面，他听说我的新书出版了，就顺便向我道贺。

"你只是为了向我道贺吗？"

"当然了。"

"你肯定还有别的事儿。"

"哟，我离开这两年，你似乎有生活了啊。"

"当然了，这年头男孩女孩都得……"

"我刚到广州的时候真是硬撑着，只是不为自己，我哪有喜欢什么服装，不过是喜欢钱罢了，或者说是钱可以让人摆脱苦难。你好好写东西，我喜欢真正为了理想活着的人，你才是真正有生活的，之前我都是逗你的。"

"我知道。"我笑着说。

他见完我就回了广州，送他去机场的路上，他对我说他有点担忧老爸的情况，似乎要多赚钱了，有时候很想念北京的涮肉，我说我也很奇怪你在广州这么热，怎么都不流汗了。他说他不再因为紧张而流汗了，有时候遇到凶神恶煞的批发商，斗智斗勇的底气都是被坑出来的，他说自己做了服装之后，朋友就很少跟他联系了，但是没办法，很多图文还是要展示，而不能因为怕大家烦就什么都不干了，那样的话，什么都干不成。

他说完我俩都笑了，难以想象这个"90后"一直承受着怎样的压力。

送他进机场后我收到了他的微信：

回京的时候再度看到父亲，我很开心，初出北京，大夫告诉我他还有两年，现在已经四年了，用我爸的话说就是"我招阎王爷讨厌"。我在广东的两年中，陪伴我最多的是《我爱我家》《闲人马大姐》《大宅门》，当然还有史铁生的《我与地坛》《秋天的怀念》。可惜我很难体会朱自清的《背影》，那样的背影对我来说是一件奢侈的事情。我很懊悔每次回北京只能给他擦几次屎，倒几次尿。四年来父亲一直问我："你们杂志社车间主任没欺负你吧？！"我每次都很严肃地跟他说："杂志社车间主任都是知识分子，我们有优厚的待遇和粮票，请领导放心！"每次慷慨地说完，我都会去听一首李叔同的《送别》。

空中之恋

Lucy 是航空航天大学里唯一一个不是航空专业被选上当空姐的人，虽然空姐这个职业在当今互联网创业红透半边天、网红遍布世界每一个角落的年代里已经不再被人羡慕了，但是对于一直喜欢在路上的 Lucy 来说，可以飞行、到达目的地有进免税店的短暂时间、护照有各国出境章，这些都让她有无可比拟的自豪感。

我跟她因为大四实习时合租相识，她进入航空公司后我们就一直保持联系。Lucy 谈过几个男友，都是高颜值系列，当时还会带我去看摇滚演出。她喜欢在他演出之后放手摇烟花，当时心想这个女孩真是酷到家了，实现了多少伪摇滚乐迷的梦呢。当时我年少轻狂，看着她喜欢的摇滚歌手偶尔还会流口水。

后来摇滚乐手就是被她在人群中敢怒放烟花的勇气打

动的。当然一同被她吸引的还有保安。演出之后保安通常会过来进行批评教育，这个时候乐手就会挺身而出说这是演出方安排的，请不要介意。

年轻人总喜欢有事没事、没事找事地小聚，我当时被热情的 Lucy 奉为最没有感情经验的爱情大师，说我的 0 经验总是能给别人很多解决问题的方式和清爽的思路。缘起于当时她的摇滚男友成立了一家公司，包装了一个宅男女神，在工作之内指点江山格外正常，但是在工作之外被 Lucy 发现该女子的日常生活也常受到他的点拨，完全超出了工作范围，已经上升到朋友关系。对于 Lucy 来说，跟工作伙伴怎么可以成为朋友呢？这完全不符合人类社会的规律。成为朋友意味着感情比工作更重要，两个人一旦有了利益关系的时候势必会有妥协和退让，男人必然是会先让着女人。如果男友损失了利益，那二人生活质量就没法保证，意味着可能男友不会及时替她还信用卡，还有很多负面影响有待考察。

"阿苏，你说我到底怎么办呢？" Lucy 一边拿着从法国买回来的菱格包一边问我。

"你换个包，这个包真的不像你的，不像就意味着不适合。"

"你的意思是我男友其实也不太适合我吗？"

"你总是擅长引申话题，当然我觉得从视觉上看，是不太符合，就只是视觉上看，没看精神内在。"

"但是这个包同样也只是外在的东西。"

"但是它有法国悠久的历史。"

"只是旅行购物，你也没有兴趣去了解历史啊，我也没看你在飞行途中买过什么书或者翻看过什么书。"

"扯远了，我想问那个女的怎么就勾引上我男友了。"

"原因我就不清楚了，我觉得日久生情、一见钟情都是有可能的，而且爱如潮水这件事情没有人能控制，来了就来了，走了就走了。"

"教我一招怎么探探这俩怂货的底。"

"太简单了，直接翻看手机，趁他不备。"

结果可想而知，Lucy 第二天红着眼睛跟我说她跟他离婚了。

我问："结婚了吗，你就说离婚？"

"我们都同居了，早就过上了夫妻一样的生活。"

"有一部分是夫妻生活的性质吧，但是'义者适婚'这话你听说过吗？"

"没听说过。"

"就是得有过命的友情才能当爱人，最后在岁月里相互亏欠，体贴温暖地走过一生。"

"要亏欠，就得相互亏欠。"Lucy 说。

"大概最没劲的爱情就是势均力敌的爱情了，他们俩在我眼里一点都不可惜。"

"他让我原谅他，我决定原谅了。"

"当我没说。"

后来摇滚男友的小公司组织东南亚旅行，就当作这段感情的修复期。Lucy 请了年假，还热情地邀请我加入，我随口一问，小碧池去吗？

"她去啊，不过没关系，都是同事，我原谅他们了。"

紧接着几天我就看到 Lucy 在朋友圈里秀出各种各样的东南亚风情照。

直到有一天。

她的朋友圈两天没更新，按照她的晒照速度应该是一日三次，如三餐一般雷打不动。

我发了微信给她，没有回复，感觉事情不妙。

【爆炸已致 20 人死亡 中国游客遇难 7 人】据中国驻泰国使馆消息，截至目前，爆炸已致 20 人死亡，125 人受伤。遇难的中国游客确认为 7 人，5 人来自内地，2 人为香港居民。

联系上 Lucy 已经是她回国之后的事情了，男友和那个女艺人在拜佛的时候遭到了袭击。等 Lucy 回来，我看到原本纤细的她已经虚弱得像一个影子，也就是那天，我才知道身边熟知的人距离死亡其实非常的近。

"当天我们有不同的安排，我正好要去 Zen 看看香奈儿的价格，他们公司几个人约了去拜四面佛。结果悲剧发生，男友和艺人没能逃离人间地狱。"

他们离开的时候许的什么愿望呢？都不会实现了。

每个人的故事回到了最开始的画面，一个孤单的影子慢慢流浪在没有边界的世界。

Lucy 连着几日看重复的新闻播放，那时看到的死亡，看到的结局一下子又袭击了她，就像分开的恋人再次遇见，分崩离析的血腥细节提醒着她，原来她是爱着的。那么寂静的时刻，这个新闻热点很快被一浪高过一浪的国内新闻热点淹没。

帮男友办完丧事之后，她好像刚刚进入悲伤中，之前似乎一直都没回过神来。

她会叫我吃饭，一边吃饭一边看手机说："他还是没给我回信。"

我一边咀嚼着嘴里的饭，一边不敢下咽，实在不知道如何接应这句在空气中翘首以盼的问句。

真正抑郁的时刻，她做什么事情都有想哭的冲动。即使她拉着我去名为 VICS 的酒吧听一首歌，随着旋律没有规则地手舞足蹈，然而当旋律终止，挥舞着的手臂忽然要落下来的时候，仿佛看到一切的尽头；即使二者没有任何联系，但是自己就是觉得看到了极限，看到了无法弥合的东西，这个时刻是多么适合怆然欲泣啊。这种情绪化的时刻狡猾地躲过了所有的目光，只有自己孤单的体味，因为不明原因也就无从提起，适合忽略，仿佛那是一个极其龌龊的角落。

Lucy 在一次工作中由于无法集中精力而出现疏忽，一个女乘客因为要热水，Lucy 不小心倒了一杯冰水给她。乘客不依不饶投诉到乘务长那里，她顺势申请了停薪留职，接下来她跟我说想换一个城市，漫无止境的飞行让她绝望，她讨厌听到飞机起飞和降落时的轰鸣，像极了恐怖事件中的声音。

她不再背着香奈儿的包，她觉得这个包成了噩梦的符号，如果当时自己跟他们一起去拜四面佛呢？以自己梳妆打扮的速度，一定会让所有人等她。不知不觉的拖延，一定会让死神只是擦肩而过。

她最后唯一留下来的习惯是放烟火。气味和声响都是心中抑郁的发泄，眼睛一动不动地盯着燃烧的烟花，时间就这样溜走，不用思考，像抽一根烟。

下午两三点的时候，五颜六色的烟花飞到天上发出"噗""噗"的爆炸声，看不出一点儿绚烂。可她仍然仰着脸"呵呵"拍手笑，有时候能笑出眼泪来。

后来的噩梦也是关于他们。她每每梦到那个惊心动魄的时刻就会在黑夜惊醒，然后去买来烟花，让他看看绽放有多美。她知道他看得见，一直知道，就像白云背后的星星，一直在闪烁。由爱到恨，由恨到怜悯的深爱，有时候真的就是宿命。

不做空姐之后，她开始晕机晕得厉害，有可能是因为悲伤过度，飞机稍微开不稳就吐个天翻地覆。第一次见到佳一，正是她挣扎着从别人的位子上找呕吐袋。

佳一递过来一瓶水，问道："小姐你还好吗？"

Lucy 稍微舒服一点之后转过头，赫然发现递水的活雷锋竟然是个长得不错的男生。短发平寸，高挺的鼻梁，考究的白衬衫，她的视线不自觉地游移到了他的黑曜石袖扣，极为细致考究。

"你是去上海吗？"佳一问道。

"是。"

"也是工作需要吗？"

"是。"

"本身是北京人吗？"

"不是。"

"我的问题你只需要回答是或者不是就好。"

Lucy 不好意思地笑了，毕竟这是一个助人为乐的好男生，不搭话确实不太好。

接下来的攀谈变得顺理成章，有一句没一句的。可当飞机落地，出租车停在公司门口的时候，Lucy 发现身后那辆车里下来的人，竟然是佳一，她就有些惊着了："这么巧（跟踪我）？"

佳一睁大眼睛失笑："这么巧，你也在这里上班啊？"

"对啊，我在 W 传播集团。这里貌似也只有这个集团，你是哪个部门？"

"我是自由职业者，想来上班就上班。看心情，也看你上班的心情。"

然后 Lucy 像对待哥们一样跟佳一说，以后有空一起吃饭。

佳一说："都是同一栋楼的好同事，真有缘分，以后要互相帮助哦。"

佳一知道 Lucy 中午休息时间有限，就早早通过微博知道了 Lucy 爱吃的口味，他熟知了方圆十里内好吃的适合 Lucy 口味的餐厅，定时叫餐在 Lucy 午休的时间刚好送到，时间不早不晚，正好是吃着不烫嘴，汤还没有凉掉的温度。

男生用 100% 的热情追求一个女生的时候，智商和情商都飙到峰值。

走在路上，Lucy 的鞋带开了，佳一二话不说跪下来给她绑，Lucy 脸上泛起了红霞，后来渐渐习惯。

跟朋友聚会喝酒玩游戏，佳一大手一挥说"Lucy 玩游戏很厉害，输了算我的"，语惊四座，直接导致所有人朝他一个人灌。Lucy 以为他多能喝，还跟着大家一起催他喝喝喝，结果佳一几分钟就喝成一坨烂泥，晕在座位上不省人事。这是佳一第一次喝醉，Lucy 看着他的脸像一个单纯的孩子，一种感动之情悄悄地演变为爱情。

这样细心的好，让 Lucy 不得不鼓起勇气直面佳一，她说："佳一，我好像暂时还不能忘记他，你愿意等我吗？"

"为什么不愿意呢？"佳一问。他不闪不躲。

"谢谢你一直以来陪着我。"Lucy 的声音轻轻的，细细的。

"没关系，我可以等你。等你忘记，或者你愿意让我陪你一起开始新的幸福。"

后来佳一就消失了几天，但是短信的问候没有少，那阵子 Lucy 的饭都是按时送到，温度刚刚合适，感觉佳一并没有走远。

没过几天，佳一发了一条微博@了 W 集团在社交媒体上有名的老板，自己在云南洱海铺起了玫瑰花瓣构成的 Lucy 的名字来求婚。微博被疯转了近千条。Lucy 看后笑了笑没有回应。

被 Lucy 拒绝之后，佳一并没有偃旗息鼓，知道 Lucy 负责的项目人手少，就主动向传播集团的老板提出增加劳动力，为最重要的项目开拓疆土。Lucy 不知不觉中习惯了在夜里噩梦惊醒的时候，拨通佳一的手机，聊聊工作，聊聊今天的饭菜，和因为加班而冷掉的咖啡。

不知不觉半年过去了，佳一对 Lucy 的热情整个 W 集团人尽皆知。上到投资人，下到实习生，都纷纷来看这个叫 Lucy 的姑娘。

日子久了，Lucy 渐渐招架不住。不禁扪心自问：是啊，爱情这种东西，终究，是要怪谁呢？

Lucy 不再做噩梦，她知道这都是佳一的功劳，也知道爱情不都是要沉浸在过去的回忆里。

还有一种暖暖的爱情，像冬日里的太阳，照在脸上不觉炽热，却能融化整座冰山。

她把他带到了自己和男友最爱逛的公园，回头看着佳一，她说："佳一，你知道我为什么喜欢白天放烟花吗？"

佳一摇摇头。

Lucy 摇摇头，点燃手里的烟花，说："是为了怀念他，如果我当时没有放烟花，他就不会在人群中注意到我；如果当时不认识他，现在我不会这么难过。

"我男友在曼谷的恐怖袭击中过世了，他之前每次演出完都会看到我放的烟花，演出都是在傍晚，我希望他能够看见。"

佳一怔住了。

原来他的表妹就是那个艺人，佳一无数次的劝表妹放弃演艺路，她也答应他从泰国回来就辞职。

佳一突然单膝跪下直视 Lucy 的眼睛说："嫁给我吧。"

一阵风吹过，Lucy 觉得脸上有点凉，伸手一摸，原来是满满的泪。

她点点头却说不出话。

当我收到 Lucy 寄给我的结婚请柬，拍照发给她的时候，她发了一段语音给我。

"我逐渐发现生活本应该没有目标，没有远方，没有目的地，我们作为哺乳动物循守吸气、憋气、呼气的步骤，单纯地体味过快乐和不开心，然后也不再有然后，人间多变幻，难得小团圆。其实所有的相遇，都是重逢。"

老王的故事

　　下午晴空万里，一丝风也没有，出了门就仿佛进入一个蒸笼，好似酷刑，燥热难耐。突然风起云涌，飞沙走石，眼前瞬间变成浓重的深灰色，夹杂着尘土的热风击打着露出来的皮肤。如果不是因为老王，我可能永远不会来洛杉矶，车身被打得啪啪响，能看到团团的土在空中盘旋，太阳在云堆缝隙里探头探脑，发出惨淡的光。只一会儿风又息了，黑云聚聚散散，大概要下雨。

　　人像蝼蚁一样，老王何尝不是。

　　这么一个出生在富贵人家的老王在洛杉矶死于非命，是我难以预料的，尽管我预料正确过很多事情。

　　告别时，看到老王的妈妈虚弱得像一个影子，哭着哭着仿佛睡着了一般，不过几分钟又开始号啕大哭。她看到我就一下扑到我身上，想说什么却一直摇头，只颤巍巍地拿出我跟老王的合照。

我很难过，但是哭不出来。似乎迟钝的我永远比老王的节奏慢半拍，直到他离开。

说到我和老王，大概初中时候就相识了，当时因为父母之间关系紧密，所以父母就以订娃娃亲为玩笑拉近两家的距离。他年纪长同级的人几岁，于是大家都叫他老王。

我跟老王一开始相互抵触，看到彼此就像见了敌人一般，视而不见。后来我考上了当地重点中学，他付了高额的赞助费也被分到了和我一个班级。我一度看不起他，心里说，钱不是万能的，你有今天不能证明你有更光辉美好的明天，大学又不是花钱就能上的。

当时正是"新马泰游"刚兴起的时候，班里组织一起出去玩。对于出身小县城的同学来说，这是第一次出国。对于老王来说，"新马泰"他去了有十几次了，但是他还是主动提出和大家一同前往。我们当时都纷纷议论，这个身着上千元运动服的男孩去一定就是为了少上几节课，仅此而已。可是谁又不是呢？包括老师。出关入境，老王对大家的照顾可谓无微不至，他大抵是不放心老师带队的能力，毕竟老师也基本全年没请过假，囿于三尺讲台，不见身后的江河湖海。

在导游车上，老王和导游一起讲鬼故事，讲到高潮处还发出奇怪的配乐声，把大家逗得乐不可支。导游格外亲切地讲述完课本里没有涉及的历史之后就开始推销纪念品，老王毫不犹豫地拿出钱来买了四五种，导游露出了满意的笑容。我们都说老王来了不下十几次怎么还对这些东西感兴趣，只有老师对他说"谢谢"。后来我们才知道，如若不买，导游定会对我们这些乡下孩子冷眼相对，把纪念品成功推销给老王之后，他就住嘴了。

有次模拟考试，我比第二名仅高 3 分，只要在我的卷子中找出一处答案本来正确而被判错的错误，我就能稳稳地占据年级第一的宝座。父母也能给我买心仪已久的电脑。老王的座位就在我右边，我也跟他流露过我有多想要那个笔记本电脑。

大家经过几轮热烈的学术讨论，发现我最后一道题的答案是正确的，我急切地去找老师要那丢失的 3 分。

老师有些不好意思地说："奇怪，我当时怎么算错了。"

老王喝了口水，清了清嗓子说："老师，没错，我考试时候看见她写的就是正确的。"

老师的注意力被成功地转移到老王考试作弊这件事情上，而我也顺理成章地成了年级第一。

第二天为了表示感谢，我把父亲出差带回来的青团给他吃，他健硕的腮鼓了鼓，一口就吞下去了。我说："你吃东西的样子很像蟒蛇。"他说："嗯，这个青团吃起来好像蛤蟆，腥。"

学校组织春游，我跟老王与大部队走散了，两个人就跑到河边去玩，他带了拍立得。我说，幸好没被同学们看见，不然肯定被同学们夺了去。

"拍个照吧。"老王说。

"不拍，热死了。"我说。

老王随即对我怒目而视。

"照吧照吧。"我说。我们两个人都对父母之间的关系有所顾忌，要是拍了合影他们会怎么想？要是他们一而再再而三地开玩笑似的促成我们的关系又怎么办？在那时的我们眼里，大人都是满腹心机自以为是不断向前的庸人而已。

老王调成自拍模式，微胖的单手勉强抓住相机，好不容易抓好相机，胳膊又无法伸展得足够长。我一把夺过相机说："我来！"

"给你，长臂猿。"

自拍模式下，按了一下居然出了三张。

"照这么多干吗？"

"刚才我搞错模式了，不过正好你一张，我一张。"

我默契地没有再问第三张归谁。

老王说："第三张也不能撕了。"

"放你那吧。"

"行。"老王迅速地收起来。

学业越发忙碌，为了考上大学，大家都铆足了劲儿。黑板上的倒计时一天比一天少，那是我第一次深刻地理解什么是活一天少一天。每周只休息半天，其余时间都要上课或者是上自习。大家对高三这样的节奏已经习以为常，为了逃离这个不到两万人的小县城，代价就是每天在古老的教室里、狭小的桌椅上、几乎挡住视线的课本里，向往着不知方向的只知道格外辽阔的江河湖海。

父母在高考结束后终于送了我一台电脑，当时不会搞这个高级的苹果笔记本，就去找老王帮忙。

"你都买了啊，我还说把我的送你，以后我去美国也用不上了。"

"我才不要你的二手货。"

"哈哈，那把这个给你吧。"

他拿出一个最新版本的iPod。我笑着说你把歌都删了吧，我要重新下。

"删就删。"

回家的路上我开启了播放，里面是一首之前从水木年华里单飞的那个人的歌曲。

有两句一直弥漫在记忆里：

> 我想起多年以前，像今天的画面，
>
> 以为告别还会再见，哪知道一去不还。

我一阵感慨，他居然没有全部删除，偏偏留下了一首最不像他五大三粗只知道踢球的猛男喜欢的歌曲。

我从大一就开始在一家传媒公司打工，里面都是些出手阔绰的自费艺人，他们大多是在大街上被我们公司的星探相中，约到公司后就开始谈如何包装他们，比如出多少钱可以上杂志封面，出多少钱可以当某花旦的师妹。

有一天，老王在 QQ 上问我："有机会吗？拍戏的，我有个朋友……"

"女朋友吧？"

"对……"

老王爽快的言语里透露着一丝不安。

"什么人？"

"人家在洛杉矶就是学电影的，想在中国拍戏，你看看有没有机会，她只想拍戏，不想乱七八糟的。"

"我觉得我们公司她肯定看不上，都是自费的。"

"要多少钱？"

"你傻啊！"

"你就说多少钱。"

"多少钱都是假的，你听懂了吗？"

老王的头像瞬间黑了。

过了没几个月，我预料老王的初恋可能要无疾而终，在我眼中那无非是一个想进娱乐圈的女生，投奔了一个与圈子毫无交集的富人。

有一天老王又在 QQ 上敲我说："我回国几天，带你去趟三亚吧。"

"好。"

我以为是某盛宴，但是出乎我意料的是，他只是开着一辆没牌子的小跑车，带我转亚龙湾附近，说他将来会把房子买在这里。

晚上他送我回酒店，提着几袋子在夜市买的食物和一堆纪念品。老王说："我就不上去了。"

我说："好的。"

老王送我回北京的时候说:"别跟你爸妈说你被我找出来玩了。"

"嗯。"跟往常一样。

那是我最后一次见到老王。

暑假回家,只听爸妈说老王的家里出了点事儿,他爸爸肺癌晚期。不想影响到老王,就把老王送到了美国,老王每天吃薯条喝可乐,很快就增肥30斤。他们问我后来有没有跟老王联系,我说我们高中毕业后就没有联系了。爸妈叹了一口气。

只记得那天,我爸接到电话后不停地叹气说,这个孩子怎么这么冲动,在美国看到飙车的孩子加速转弯后直接开到了海里,他停下车去救人。但是在救人的过程中,那人的安全带一直没有解开,老王也被拉到了深海里,他把所有的热血洒在了美利坚。

从来没有人知道最后一刻何时来临,告别的话也无从说起。就像电视剧上一季尾声留下的悬念,可能因为下一季主角意外的夭折而永久变成悬念了。那些没有在一起的爱情,没有承认的关系,都溶解在命运的魔咒里了。最后所有人都不过如此。

参加完老王的葬礼后，我的泪奔涌而出。

司机问我："你要去哪里？"

我说："我也不知道。"

我默默打开了那个依然只有一首歌的 iPod：

……在这一瞬间，忘了要去向哪里的深夜。

我不知道我还有多少相聚分别，

就像这列车也不能随意停歇。

匆匆错过的不仅仅是窗外的世界。

那个我爱过的女孩

1

MSN 盛行的年代，我们约定这是我和她交流的唯一方式，那个时候手机短信一角钱一条，随随便便一发，几元钱就消失了，当然也许现在看起来几元钱连零头都不算，而在当年确实是学校食堂的一顿饭。

说起来好像过了很多年。那些当时看似琐碎的细节已经躲在时间的大树之后，时不时探出头来撩拨你，提示它的存在。过滤掉那些不愿意回忆的一切，只剩美感留在时光中作祟。

我一直认为能和张琪成为亲密无间的朋友还是有缘分的。

大学入学时，军训成了女生建立坚固友情的导火线。同宿舍的女生跟我说，一班有个很白净的女生，很白很白，短发，很短很短的那个，很像李心洁。第二天早上晨练的时候，我就知道了她是谁。

在女生云集的语言类学校，女生的眼神一定都不约而同地落在仅有的几个男生身上，即使相貌都平平也要分出谁是枭雄。这点在口语课分座位的时候尤为明显，女生往往个子越高和男生同桌的概率越大，但是男生的长相和身高不成比例。于是这又成了幸运女大学生的巅峰对决。

眼看着剩下的人越来越猥琐，女生们纷纷感慨还不如和同类坐在一起。

在一次语言交流课上，张琪终于处心积虑算好了究竟站在哪里才能和我成为同桌。偶有误差但是她经常可以算对。于是我们很快就成了大家心目中的好朋友。

那阵子正好赶上她失恋，我知道她很难过，可是为了表示关心还是忍不住问她最近怎么了？

她一言不发，把手机里的短信给我看。

还好 不和你吃饭了 有事
我先走了
好吧

"这又怎么了？"我问。

"这是我们所有的聊天内容。"张琪一脸失落地说。

"哦。"

"你看他说的是'好吧'而不是'好啊'，说明他对我根本就没有热情。"

中国的文字浩如烟海，博大精深，就连语气助词的含义也是千差万别。或许"敏感"二字是为女性量身打造的。

手机再一次振动起来。

她像触电般，夺过手机。

手机上赫然写着："忘了我，好好生活，不要再惦记我了。"

我的余光也已经看到了，她的脸异常的冷漠，接着大大的眼睛变成了红色，逐渐被两小潭水淹没。

呜咽渐渐地变成了抽泣。

我不知道哪里来的梁山好汉的勇气对她说："我帮你出恶气，这个负心汉挨千刀的！"

"好，你帮我回信给他。"

"嗯。我一定要保证你的尊严，还要给这小子教训。没了他，我们的地球照样转，要他明白自己根本就不是太阳！并且告诉他以后不要多想，特别是非分之想，那简直是没用的！还要告诉他千万不要后悔！"

"好的，就这么说，对了，最后要说明你是你，不是我。"

"啊？好吧。"我有点后悔自己刚刚的豪言壮语。

落实到手机上的时候，就变成了："我一直过得挺好的，而且也没有怎么惦记你。"

"如果他对你说'忘了我吧'，你告诉对方：'我一直没记住。'"我继续补充道。

她心有不甘地点头。

2

向食堂冲锋陷阵的同学们并肩战斗，这批同学还是相当有战斗力的。大家在奔跑的过程中形态各异，我的造型无非长跑的种子选手，拉着身体向前倾，单手紧紧地护住吃饭的家伙。男生们则都拿出了短跑的架势，腿长的腿短的，都把自己的腿伸到最长。在正午的阳光下，校园里到处是奔跑着的人们，一片欣欣向荣的繁华景象。到了食堂，也只是成功了一半，算得上一个好的开始。打饭的时候，大家都心照不宣面无表情地拥挤着排队，我

121

无数次亲身体验了这种无声的战斗，总是在关键的时候走神，糟糕的是被她发现，拉着我的胳膊，让我挤在她的前面。我明显地感觉到了张琪发育良好的胸部顶着自己的背部，明显地受不了这样的刺激，也就不自觉地让自己尽量向前，可谁知道她在身后得寸进尺，步步紧逼。

终于斗智斗勇般的两个人都打完了饭，看着饭盒里，荤素合一的完整景象，不由会心一笑，我知道自己这次的表现没有让张琪失望。

环视偌大的食堂，已经没有空闲的桌子留给我们，她说，这个时候你要学会察言观色，如果看到一两个表情呆滞、眼镜深厚，一看就知道是物理学得好的男生，一定要在他们身边等候，你的青春和穷凶极恶的表情一定会打动他们的。我在这一点上实在是不能妥协，就说，不想和他们有任何交流，哪怕只是目光上的交流。她无语，只是语重心长地"靠"了一声，就用自己的肘部狠狠地撞了我一下。我这回果真是学会察言观色了，也能体验到她的穷凶极恶了。

首先找到的是别人刚用过的桌子，她警惕地看了看自己的椅子并嘱咐我看看椅子，是否有油渍。我仔细地看看，这油渍是常年存在的，深深地植根于椅子上。她又补充了一句"没有新鲜的就行"，我"哦"了一声，终于平静下来了，看着自己的手表，这浪费的时间和回家吃饭的时间是一样的，不一样的就是回家的时候，可以悠然走着，有淡淡的风，温暖的秋日阳光使得每个人的脸上似乎都散发出一种金色的光芒。叶子轻轻地掉下来，在空中飘荡着，静静的，柔软的，然后小心翼翼地落在地上，我们的很多时光都是这样度过的。

3

"MSN 表情包都太单一了，走的都是可爱温馨卖萌的路子，当我想骂脏话的时候，当我想竖中指的时候，当我想杀了对方的时候，怎么办？！表情包开发人员难道都没有这些正常的人类情绪吗？好想要几个粗鲁血腥的表情啊。"

"那你可以只发 MSN 的第一个微笑表情，杀人于无形。"

"全世界晚安。"

"你就是我的全世界。"

"快睡吧，免回。"

"就回。"

我们就这样有一搭没一搭地聊天，也会担忧未来，但是从来不会付诸行动。也常常分享些人生不能重来的短文，看着别人在文章中感慨毕业之后就这么出去找了份工作，然后贷款买车、买小面积的房子，然后成了家，很快就背负很多压力，多到再也无法改变自己人生的道路。

我们在炎热的夏天吃麻辣烫、喝可乐，一边听着Sophie Zelmani，一边说着心中的理想，想让对方听懂自己所有的话，对表达有近乎疯狂的欲望。

一到下雨的时候就格外开心，穿着动物园淘来的时装周流行雨鞋。渐渐地不讨厌雨季了，亲密的人更亲密，疏离的人更疏离，什么事情都合理起来，因为外面在下雨。

4

大三的时候，同班的同学开始四分五散地实习、准备留学、考研。只有她一直对我说，不知道自己想做什么，但是她总在我忙得焦头烂额的时候帮助我，比如帮我给女演员买红枣，比如在我父母来看我，我连午饭都没时间吃的时候，带他们去逛街……我似乎少有面临如今实习生常有的崩溃，因为当有人与你一起面对黑暗时，似乎可以在绝望中找到光源。

后来我如愿进入了心仪的公司，每天下班自己慢慢地走在路上，看着车来车往，一句话忽然在脑子里闪现，"他看见人海茫茫，我看见车来车往"。我情不自禁地模仿着她的样子，她不经意间拨弄头发的样子，她坚持的表情。穿过城市，穿过大片的麦田，穿过所有能穿过的一切。有很多感受，都在我编辑好的短信里，发送给她之前默默删除。

再后来我有了可以帮我买东西的人、可以打理我无法顾及的小事的工作助理。和她逐渐疏远，似乎忘记了到底是什么时候发的最后一条信息。

直到互不联系一年之后 MSN 上弹出了她的闪屏。我以迅雷不及掩耳之势点开看到："在吗？"

我回复："在。"

"你有支付宝吗？"

我心里一阵唏嘘，从欣喜到落寞。看来埋伏在你MSN 列表中的人，一旦和你联系果真不是被盗号就是在做直销。

125

再后来我翻看她的微博，看到了她写："我终于能鼓起勇气和她再次说话了，像当年一样，上学的时候那样的玩笑。我问她有没有支付宝，她没有再理我了。"

我看到后，"扑哧"一声笑了起来，原来我们还没有结束。

回 不 去 又 无 法

忘 记 的 小 事

chapter · 0 4

"当我看到那朵花开和那棵树死的时候，我以为生命本就是一颗种子而已，赤裸的什么也没有。当我沐浴在初夏金色的阳光里，感受透过层层树叶的斑驳光影的生机盎然时，我忽然明白，就算有一天那棵树死了，它也会留下一堆木材，拥有大于失去。原来生命就是让我们不断地吸收阳光，将阳光转化为负熵储在记忆里。"

奇偶恋人

1

一周七天，只有星期日是属于我自己的时间。

周日的时候，我通常会做樱花寿司饭，因为这是康迪最喜欢吃的。我是一个不会做饭的人，为了讨他的欢心，天天看菜谱，尝试不同的日料店，终于学会了。这样他周一来我这儿找我的时候，我就可以给他做饭，做完饭再做些其他的事情。

我喜欢看他吃生鱼片。他喜欢浓烈的芥末味道，每次吃生鱼片的时候都会浓浓地蘸上一大口，呛到眼泪和鼻涕都会流下来。我看着他一边眨眼一边落泪的样子，既好笑又有一种成就感。这种浓烈的感觉，让彼此都记得清楚还是很好的。

他吃完饭就会移步到洗手间，开始冲澡，通常他都会拉着我进去。一开始我很害羞，不喜欢在开着温暖浴霸的明亮浴室里裸露身体，毕竟我只有二十二岁。

他说我像初开的玉兰花，我说玉兰这个名字很土，还是山茶花吧。第三天他就送了我有山茶花味道的所有香水。我们只有在每周的一、三、五见面，因为他说他其他的日子都要伏案工作，帮其他人处理各种各样的跨国离婚官司，他看得多了就从来不考虑结婚。

"但是我会一直对你好，你越纯洁，我越爱你。"

我轻轻地点头，不发一言，因为他说他喜欢我安静的样子。

然后他就在深夜里更猛烈地爱我，满头大汗，从床边到只为他做日料的厨房。

"明天我不会打扰你的。"筋疲力尽的我看着将要熟睡的他说。

"就喜欢你这么乖。"他抱紧了我。

2

其实很感激上天，让我在一次留学生的分享会上遇见他。

大家散会之后，负责办分享会的群主把我们这些参会者拉到了一个微信群里，群里几十号人分不清谁是谁，即便是经过了刚开场的自我介绍，大家也都在盛夏的暑气中随着蒸发的汗液遗忘了。

"你长得好干净。"这是康迪对我的开场白。

不一会儿又有一个人加了我，头像是一个蓝天大海的风景照，看起来云淡风轻的男性标识。

"谢谢。"出于礼貌我回复了康迪的信息。

于是康迪就对我展开了微信攻势，先是写各种各样的情诗给我。

"在香港炎热的天气里，在北京凛冽的冬风里，我在你的耳边轻轻地呵出热气。"

"你说一年后的我们会是什么样子呢？"

"不知道呢，好难想象。"我回复。

"一年之后一定还是现在这样，我已经离不开你，看到你干净的脸，就好开心。"

我慢慢地被他打动。

但是他得到我之后，似乎信息越发越少，简单的工作汇报已经看不出任何情绪。但是我还是像之前一样期待他的信息。

后来他一点一点告诉了我他的工作，我才知道这样的男生其实是很多女生涉猎的对象：体面的薪水，讲究的服装搭配，淡淡的植物香气，笑起来恰到好处的嘴角。对，我喜欢看他笑，尤其是因为我而笑。

可是他最近除了每周隔天和我在一起亲热，连消息都不发了，都只是在前一晚确认次日来看我。其他的关心一概没有，到现在礼物也越买越少。虽然我不在乎礼物，但是在我眼中，礼物毕竟是某种象征。

3

方清就在这个时候出现了，他也是那次分享会上加的我的联系方式。我觉得自己还是很受欢迎的。这个云淡风轻的男人看起来非常适合在我寂寞的时候治愈我，帮助我打发时间。

在康迪不在的日子里，我除了每日伏案在家写广告语，就是直播自己的生活给他。

其实就是拍照片，他也会直播他的生活给我。

"亲爱的，你看我新写的广告语怎么样？"

"发来看看。"

"星动儿童季，许愿芳草地。"

"你自己独创的新词吗？"

"对啊，儿童节咱们去玩。"

"哈哈。"

"周三我有事，周四咱们再联络。"

"好的。"方清总是答应得很果断。

周三康迪如约来我住处找我，用他最直接的方式表达对我的喜爱，有时候还会把我写的广告语册子弄到地上。

"亲爱的，你怎么不像原来那样对我甜言蜜语了？"

"哦？我不是一直用行动表示吗？"

行动？他讲这句话的时候，我忽然觉得一阵恶心，感觉只是在机械地满足作为人类的欲望。

但还是渴望他给我这种贴近的温暖，互相入侵的感觉。

虽然他不能给我精神上诗意的抚慰，至少我还有方清每周偶数日子的陪伴。

渐渐地我对他不给我发信息这个事情不再介怀，也觉得人似乎要有两个恋人才能完整。我这样的状态应该是很多人都羡慕的。

4

方清除了会甜言蜜语，也会偶尔发音乐给我。
有时候发独立乐队的歌，有时候发《私奔》。
"我挺想和你私奔的。"
"我也是。"

我的心 是一座城 你是唯一的居民
我怕城市不够繁华
所以 翻越世间的山
蹚过世间的河
看过最蓝的海
尝遍人间美味
我怕城市不够深厚
所以 阅读世间最古老的故事
朗诵世间最美的诗
唱过最暖的歌
走遍画廊找尽与我们相似的灵魂
闻遍你爱的茶花香气
尽管如此
我还是怕 你会寂寞
而我其实 一直都在

我读到茶花时，不禁打了一个冷战，我从来没对方清提过我喜欢茶花。他甚至都不知道我会做日本料理。我们只享受微信消息不停地轰炸，这更像一个寂寞的灵魂长期缺爱的感觉。可我有两个男人，为什么还如此寂寞？

5

"方清，咱们见面吧。"

我经过了和康迪仅肉体般纯粹的关系后就越发依赖方清。我和方清不发消息的时候，就反复地看他朋友圈里的世界各地的风景，和他写下的只言片语。好像冥冥中的天意，注定要认识他。

我幻想了无数次和他在一起的场景，但是不在一起可怎么办？他在微信里，也像在身边一样。

他手打给我的甜言蜜语，写大段大段的诗句，我真的太幸福了。

"咱们什么时候见面？"我情不自禁地发了消息给他。

他史无前例地一个小时了都没回复我的信息。

"你要是不想见我，咱们就永远都见不到了。"

"对不起，我还没准备好。下个月，我们见面好吗？"

我忽然觉得他格外无辜，因而心软和愧疚起来，从腹部涌上一阵刺痛的热流，直抵心脏，变得口干舌燥。我更爱他了。

6

"下个月底出差要在你的城市转机，中午就能见面了。"

我的男朋友，善良的，充满诗意和幻想的，见到他就可以完全替代康迪了。

我一个人在机场接机口等了好久，他的航班其实并没有晚点，我在微信里给他发的消息，他一直回复让我等一会。

我穿着山茶花元素的连衣裙，喷着山茶花气味的香氛，想象自己完美的样子，得到上天宠爱的样子。这种隆重的样子真好看。

"你在哪儿？"我一看信息居然是康迪发来的。真是史无前例，他居然在偶数的日子给我发信息。

"你猜？"我回复。

"是不是有个叫方清的人一直跟你联系？"

我如五雷轰顶一般，自己精心设计的爱情就这样被戳穿。

"你快回来，那是我的前妻，精神早就有些分裂，你千万要小心。她知道了你所有的秘密。你多保重。"

电梯不断输送三三两两的人上来，我警惕地看着那个方向，向回家的方向狂奔。

社交日志

1

接到了报社的新任务，让我做"直播"的选题，在共享经济兴起、知识付费潮流大热的当下，杂志社准备连载直播专题，我是主要负责人。

对于这个任务，我一开始是抗拒的。我实在对美颜过的脸毫无兴趣，而且镜头后的人不只是美颜，为了在直播中走红，整容已经是司空见惯的行规。

"你找到要采访的对象了吗？"李德笑嘻嘻地冲我说。

李德平时混迹于北京所有模特群，野模、专业的、半专业的群主，他都熟悉得底儿掉。不过他最多嘴上花花，常跟我说最近哪个模特或者主播情史最多，对于我来说只是当作茶余饭后的消遣，听完乐和乐和，再提起基本都忘记了。

"没有啊，帮我开个头。"

"好啊，给你拉到北京风尚模特群里吧。"

"这群里都是搞直播的吗？"

"你看你就不懂了，不只是直播，北京漂亮的女孩，没有签正经公司的姑娘都在这个群里天天趴活。"

O2O兴起之后，用手机找工作的人越来越多了。他拉我进群之后，就开始发红包介绍："这是我刊非知名专题组编辑王牧同学，有个专题有上镜的机会大家可以报名。王牧会给大家介绍要求。"

我实在难以在微信群里以"大家好，我是×××"为开头进行一番冠冕堂皇的自我介绍。

"你赶紧介绍一下。"李德猛劲儿地摇着我的椅子。

"急什么，我还没想好呢。"

不一会几个头像几乎一模一样的人加我。我都点了"通过"。

"多少人加你了？"李德嬉皮笑脸地乐着。

"有那么几个。"

"给我看看，我都知道她们底细。"

说完他拿走了我的手机跟我说："这个叫小倩的，主要工作是主播，也干微商，靠自己已经买了个宝马 M 系列了，算是自我奋斗的典范；还有这个叫菁菁的，兼职模特，喜欢打"撸啊撸"，直播游戏很有名，经常把网红'起小点'的游戏视频搬出来讲，一群宅男喜欢；这个叫牛奶的，名如其人，胸有 F，不过不是你的菜……"

"行了，行了，你这是挑花眼了吧？我只选一个普普通通的，愿意被深入调查的就行。你说的这些都是明摆着想红的，太有镜头感反而很假。"

"你看看朋友圈就知道了。"

我打开了小倩的朋友圈。

"七月的风和八月的雨，无力的喜欢和遥远的你。"配了一张个人自拍图。

"我俩的妆咋了？出啥问题了？还要让补，都快刮大白了……"

配了和另外一个女孩的合影。

"唉，这种天气出来接活动还在这样的地方，心里不苦，都是自找的，毕竟没人逼我非接不可。"

"明天的订货会，已经确定人选，没通知的宝宝们下次合作。"

又翻了翻另外两个人的，基本是大同小异的路数。有时候是伤春悲秋的宋词配上活动自拍，有时候是自我激励的正能量鸡汤。

我朝着李德摇了摇头，李德还我以皱眉。

"你不会是找对象呢吧？我跟你说，你可养不起。"

"我就是还在选，你看你急什么？"

"我就是看你那孙子样难受，多好的机会接近这些女孩啊！主编咋不把这个机会给我。"

"你不是都说了嘛，我是非著名编辑，你太有名，一般深入群众的事儿就先把机会留给我吧。"

"这你也能记住。"

研究了两天依然无果，晚上加班时候，主编过问人选进展。李德说："今天晚上我就带王牧去见她。"

我诧异地看着这个平时有贼心没贼胆的"怂货"，竟然也冒出来一丝丝感激之情。

"你们抓紧时间吧，这次封面专题必须轰动些。"

"你要给我介绍什么人啊。"

"一个小女孩，也是群里的，从来不在群里说话，发红包也从来不抢，而且她应该是群里唯一一个只以直播为盈利手段的宅女了，之前跟她聊过几句，平淡如水，主要以直播游戏为主，收入嘛——勉强糊口。她主

141

动跟我报名了，要不然我可没时间帮你。"

　　有时候我常常想，如果没有李德的介绍，也许我们依然在各自的轨道上平行运行互不干涉，尘归尘，土归土，都比现在的结局好。有人习惯被注视，有人却是无路可走。宿命其实是为了折磨人才存在的。

　　　2

　　那是我第一次见咪咪，在北京 35℃的极热日子里，空气快把人蒸发干了。李德带我走进簋街一家菜看又辣又咸的店。

　　"这么难吃还来这儿干吗？"

　　"你看你就不懂了，又辣又热，一般妆容都会花掉的，看素颜啊！"

　　走进来一袭粉色连衣裙女孩，李德猛地站起来挥动着臂膀朝她打招呼，而她看到李德却格外的平静，那是一种难以接近的疏离感。

　　咪咪在我们对面坐下来，眼睛清澈干净，阳光穿过她洒在地上。

"这位就是记者老师吧？"咪咪瞪着好奇的大眼睛看着李德问。

"是，也是我好哥们，他后面会多约你聊，酬劳嘛，就看他写多少了，千字两千。鼓励他多写吧。"

咪咪咧嘴笑着，有些怕生，嘴角有些颤抖。

"你不拼午夜档，你就是死路一条。午夜档，是新人主播发展之路上的火焰山。你看这些主播，都是从午夜档爬过来的，没办法，必经之路，熬过来就活了，熬不过来就不行。"咪咪一边剥着虾一边往嘴里送，热辣的红虾把她的嘴唇刺激得格外鲜红，嘴里时不时地发出"嗞嗞"声。

咪咪打开手机的网页说，微信群里的女生大部分都是直播主播，保底都是 3500 元，勤奋的新手可以奋战到凌晨一两点，有的是因为想更红，有的是因为挣的钱实在是太少。如果有些坐拥几百万粉丝的主播关闭直播，他的海量观众，将会被系统后台随机分流至不同板块的不同直播间。这时候，奋战在午夜档的新人主播，很可能会被几万大军砸中，收入也会变得可观。

她打开网页，在搜索栏输入"房号"，继续点击，指着一个同样年轻靓丽的女主播说："你看她，小倩，咱们群里的。当时，每天凌晨 2 点以后，就只有我和她。整个板块，只有我和她。我们现在关系也比较好，但是她比我更主动也愿意出去接活。我不太愿意出去，喜欢一个人待着。大部分主播喜欢抱团租房子，我也不愿意，宁可自己租个公寓。"

"菁菁，她是我见过最刻苦的。她本身性格不是很幽默很逗的那种，所以经常去网上抄段子，学段子，背，然后找时机讲给我听，教会我不少。我唯一不欣赏的就是她太喜欢讲八卦了，什么消息都有。午夜十二点之后她就穿抹胸礼服、COS 类服装、职业装，甚至运动 BRA 进行直播。"

"这样很笼络观众。"

咪咪的表情充满了鄙夷，苦笑着说，她比较能拿捏男生的心，有时候跟那些"三俗"的留言互动，诚恳地感谢每一个人。

3

那天晚上我们三个喝到了凌晨，咪咪太能喝了，好像一辈子第一次见到酒这种让她拿起来放不下的东西。

醉醺醺的我在早上醒来，发现自己居然在咪咪家的沙发上。下意识打开手机，是李德的微信："昨天你被灌得不省人事了，就近送到她家。"

天已经蒙蒙亮了。

咪咪从房间里刚化完妆走出来，从冰箱里拿出矿泉水给我喝，她说："我刚看完映客主播的朋友圈，感觉自己整个人都活在直播里。"

说完她哈哈大笑。

我打开电脑迅速地写完了和她有关的第一章节。

后来，我再约她的时候，她不再出来，只会把我约在她的家中。她说她只是不想见人，懒得出去。

"你和李德怎么认识的？"

"之前我想去杂志社实习，他面试过我，他那关我过了，后来的几关我没通过，就留了联系方式。他给我介绍了不少机会，但是我都干不了，后来知道有直播，我才开始能养活自己。"

"这是一份适合你宅属性的工作吧。"

毕竟很少有人能真正地活成一座孤岛。要么十分强大，要么丧失与人类交流的耐心。

咪咪是哪一种呢？我在心里画了一个问号。

"想要找个工作吗？"

"不想，我干不了的。"咪咪回答的时候没有看我。

"不干直播也不会饿死吧。"

"不会饿死。作为家境颇为殷实的义乌人，我不想跟其他打工者一起混，似乎任何事情都有人在做了，在任何一个地方都有人对你品头论足。我不想和人交流。"咪咪的语气中开始有了烦躁，这是她不想回答的问题。

对于我来说，她家中的装饰太过简单，更像一个明天就要飞走的匆匆过客，没有一丝一毫的生活气息，她平时基本不开火，都是叫外卖。

直播累了的时候，咪咪就从冰箱里拿出冰水，她大口大口喝着的时候，我在空荡荡的房间里能清晰地听见她吞咽的声音。

我注册了直播号，只要关注的主播们上线就会弹出提示消息，这每日的"当当当"的声音成了我的时钟。

我从一个直播间进入另一个直播间，与现实的界限越来越模糊。在这个时代里，真假虚实，很难分辨。

咪咪做网络游戏直播，配备好摄像头、麦克风以及录制传输软件。进行游戏操作时，直播软件将游戏画面与摄像头取景画面整合于同一个屏幕里，便形成一款实时解说、实时互动的网络游戏节目。她从一个不太能吃辛辣食物的女生变成了镜头前所向披靡的直播侠客。

我问咪咪，你叫什么？她爽快地拿出身份证说："喏，你看。采访的时候是要用真名的吧。"

"是啊。"

"我啥时候能看到我在杂志上啊，从小就想上杂志。"咪咪笑着说。

4

隔了几天，我收到了咪咪的微信，她拍了自己上杂志的照片给我。

"真好，感觉活了二十多年，终于有一个愿望实现了，多亏你了。"

"还不请我和李德出去吃饭。"

"不去。"

虽然直播选题结束了，可我依然每天还在看这个女孩的直播，终于不需要因为工作的原因再看她了。

隔了两天，咪咪没有上线，我给她发了微信也没有回复。

147

我开始做什么事情都集中不了注意力，我不知道是哪里错了，但是我并不着急。我以前本来是个很急的人，现在却也喜欢慢慢来了，太多的时间总是让人在胡思乱想当中改变。

5

咪咪已经连续3天没有任何消息，我从心急变成绝望。

李德有些沉默，说他联系不到咪咪的时候已经报警，但是警察局说未超过48小时不能以失踪立案。

我忍不住又给咪咪打了电话，依旧无人接听。

模特群里菁菁发出了一条新闻的链接："部分艾滋病人信息被泄露。"

群里没有任何人讨论这个新闻，忙于生计的各路主播全然没有兴趣对这样的新闻话题展开讨论，我在绝望之时打开了链接，赫然看到了咪咪身份证上的名字，黄晓宓。

她看似自闭的一切都有了答案。

庞大背景下最微不足道的个体，那样的时刻，生存意义之类的概念都成了困扰。我好像看见咪咪一个人被丢弃在草原，四下只有茫茫雾气，载着时光的船只孤单穿越迷雾，所有时代都落幕了。她的时代落幕了。光怪陆离的一切都被封印到了一只萤火虫的光里，只剩下湖面还有涟漪，雾气掩盖了水草指引的踪迹，分开的树木再次合拢，没有人可以找到隐藏的路径，故事回到了最开始的画面，一个孤单的影子慢慢踩着星光流浪在没有边界的世界。

但是得到的消息是尚未公布，一时不知是欣慰还是绝望。

咪咪在自认为唯一能让自己存活的世界里，打造着一直憧憬着的那么一艘可以改变自己轨迹的船，一艘自由的、只有自己的船，无所依傍而又无所畏惧的船，可以随着波浪和月相漂流，可以看到闪闪发光的海洋和平整而又蔚蓝的海岸，可以看到白色屋顶的建筑，可以看到咖啡色装饰的路灯，可以看到一个少年双手插在口袋里，慢慢走向日出。

而这一切在被泄露的隐私中彻底毁灭。

6

我的手机不停地响起各路直播上线提示音："你的朋友正在 ××× 进行直播，邀请你一起……"

失忆疗法

"文蔚，快醒醒，已经中午了，早上的恢复训练都错过了。"

"你先别叫她了，让她再好好休息休息。"

"真是让人心疼，不知道什么时候能都记起来。哎。"

"你总是叹气，就不能正面想想吗，她能熬过来已经很不容易，你还一次次逼她。"

"好好好，就让她再休息一会儿。"

他们是我的父母，大城市雾霾天空下的小人物，住在规划区的房子里，外企公司里独立顽强日渐冷漠的生命，不怎么难看，不怎么有想法。

我其实已经醒了，最近两三周的时间里，我醒来都不睁开眼睛，也强忍着不去厕所，人类正常的习惯都被我反复忍耐，在忍耐的过程中不断地矫正。我为什么这么为难自己？因为我觉得我父母一定有事情瞒着我。只有在他们认为我沉默的时候，才会说出实情。

啊嚏！真是糟糕，我没忍住打了一个喷嚏。妈妈走过来了，我的脸霎时间泛起了一阵红霞。或许，我是说或许，可能，我真的不是一个能撒谎的孩子。我的父母一定也是的。我遗传了他们的基因，嗯，一定是这样。

"你终于醒了，现在已经中午了，快吃点东西，然后该做康复训练了。"

说完，爸爸就从袋子里拿出了色彩鲜艳的饭盒。我不记得这是第几个饭盒了，因为之前的饭盒都是被我打碎的，晶莹透亮的盒子上有蒸气的时候，被我愤怒地打碎。原因很简单，他们说我最喜欢的动漫形象都在上面。我什么时候喜欢过这种幼稚的东西？这次的饭盒只有抽象的色彩，再也没有妈妈所说的《复仇者联盟》等动漫形象了。我心情好了一些。

几周之前，我醒来就在这个医院里，整洁的屋子里，除了我没有其他的病人，这是我小时候看电视剧时常见到的场景。弱不禁风的女主角就躺在这样空洞的房间里。四周是被保鲜膜紧绷绷地包裹在形状各异的篮子里的四季水果，还有很多清香的鲜花，幽幽地散发出淡淡的香气。风拨动淡蓝色的风铃，荡漾在整个屋子的香气和铃声成了病房里唯一的交响乐。

我从来没想到我会这样。

每天的娱乐就是看便利店里面走出来的人，大多是附近高等院校的学生、教师或工人。有时看外表对他们是分不清楚的，大多数的女孩都化妆，看不出年纪。

我更喜欢在雨天观察他们，有好看的女孩从马路对面跑到便利店，就有很多异性一直盯紧她的步伐……等待摔倒什么的。是的，不知为何，我对雨天很有感情，总觉得不断从万米高空自由落体式的雨滴其实蕴含着神秘的能量，或者能有让人瞬间醒悟的东西。

我更没想到自己会患上这种被称为"解离性迷游症"的病。

医书上面说，此病症通常是有目的与失忆相结合的。患者通常有两种以上人格，在不同的时期，某一个人格会成为主要人格，而且彼此忽略，一个人格出现时，另一个

153

人格就会隐没不见。两个人格有各自的记忆、情绪和行为，而且通常差异很大。我觉得任何一个人都是这样的，不只是我。父母真是小题大做充满了想象力。

"文蔚，顾大夫来了，他带你去他的办公室。"

顾大夫是我的康复医生，是我见过长得最干净的人，一尘不染的外形，格外纤细的手，一点都不像一个男孩子，他的身上有我最喜欢的大学讲师的神韵。他每次给我做疏导之前都会摘掉蔚蓝色指针的手表，这个动作让我想起了张郁老师。她一个人可以给自己拉上连衣裙后背的拉链，这么高难度的动作不是人人都能做到的，这是件非常性感的事。

他们更相似的一点是都习惯用怜爱的眼神注视着我，有时候盯得我发毛。

"我们开始吧。"顾大夫微笑地看着我一如往常。

"还记得我们上次回忆到哪里了吗？"

"有些模糊，但是实在想不起关键之处，我们在哪里发生的那些事。"

我缓缓躺在躺椅上，在香槟色的有些绝望的夕阳之中，我甚至可以感觉到自己的脸颊逐渐温暖，觉得越来越疲惫，不一会就睡着了。

一片洁白的羽毛蒙在眼前，周围的世界笼着白光，浸泡在逐渐稀释的牛奶里。音乐一拍拍，应该是顾大夫播放的。咨询室周围的景色随波浮动。空间的纵深感突然加强，像在螺旋的世界里不断地缓缓降落。时间变慢，空间变远。

低音的张力厚重，空气鼓起的薄膜搏动，你可以躺在里面，一切都倾斜扭动，在黏稠的洗涤精似的液体里。中音音色悦耳，会有鱼鳞样的波纹，网在眼前，随风远去。高潮时的音乐就像噪声，推着白色斜线边缘一叶轻舟上的我们。

思维变得缓慢，有时又突然闪电般快，看周围的人都是慢镜头。空间感极其奇怪，失去平衡点，周围墙壁浮动，房间颤抖，短时记忆变成两秒，所以思维经常中断，不知自己要去哪儿。

婴儿般的新奇喜悦。世界轻浮晃动，蓝色或黄色（记不清了，像梦一样不真实，所以易忘）的背景光，像丢进水里的方糖，一点点溶化成白烟，美好、甜蜜、稀薄。

每当这个时候，我常常会想所谓的科学世界和我们所经历的世界，哪一个才是真实？也许我们的感觉是真的，而推论出来的世界只是一堆幻象演绎在我们头脑中。或者也可能，那个物理定律描述的世界才是自在之物，而我们的感觉只是这个世界在我们脑中的表象。我经历的那些，确切地来说是我和她经历的，最后的我们到底怎么样了？

是不是人一旦死了，所有神都会即刻远离，连同过往的岁月，声光电影，所有熟悉和不熟悉的局外人。好像印度神圣的水葬，已故的人沉向河床，河床被瞳孔撑满。活着的人们活得用力，人们贪生怕死，惧怕死后的孤独。临近死亡的人所担心的事情就越发简单，他只是担心死神来临的时刻，是这个黄昏，还是下个黎明。

"接着我们上次回忆的那些内容开始吧。"

"好。"

"你说那些事情的发生，根本就不怪你。"

"一直都是，到现在我还是这么觉得。"

"那个下雨天，你和路朝夕第一次见到张之城。"

风吹过的一个下雨天，我和朝夕第一次见到那个男生。我和她是青梅竹马的好姐妹，从小到大一切都要一致，一起复习，一起学美术，包括女生第一次月经都几乎是同时。我们七八岁的时候一直在想长大了是不是就可以结婚，但是所有结婚生子的都是异性，为此我们苦恼了好一阵子，直到看到冰岛的女总理和她的女朋友结婚了，我们才有些释然。

"多浪漫的国家，几十万的人口里好几百支乐队，几乎所有人都懂音乐，几乎所有人都有或轻或重的抑郁症。跟阴沉的天气有关，整个国家的上空都是暗沉的蔚蓝色，天空低低的触手可及，人们在巨型冰块结构的酒店里谈天说地，讨论热带风情。说着说着，人被冻结发白，散发出淡蓝的光，说出的话语也是冻成了大小不同的六边形。聊到深夜，各自带着凝结的冰晶回家，把它们放在融锅里咕嘟咕嘟地煮沸，融化成千言万语。"

"嗯，我们到时候就去那里。"朝夕对我说。

我和她都愿意付出，当有人需要的时候。我控制自己的情绪，尽我自己的能力。因为我们清楚，流动的才是爱。爱不是情欲，是自然的法则，是一切存在和不存在中变化和流动的东西。

每个短暂的假期过后，朝夕喜欢在我背后大叫一声，我已经被训练得可以抵抗她恐吓的声音。

"想我没？"

"不想。"我果断地回答。

然后她就开始掐我的脸说，"你看你有胖哦！"于是我们俩就开始在教室的走廊里大笑着追打一番。

直到她遇见了之城，那个下雨天，我和她准备去报名参加托福考试，为了出国，为了能趁着最好的时光在一起。

我们在去外国语大学的公交车上，车里的空气湿热难挨，人们的脸上有微小的汗滴不断地渗出，有分不清是否装睡的年轻人，旁边有老人紧紧地扶着公交车座位。

"我们是在这一站下吗？"

"好像是下一站。"

"你们去哪里，同学？"

身边一直站着的三个男生中，有一位主动问道。

"我们去外国语大学。"

"不是就在我们学校附近吗？"另外一个男生插话道。

"下一站下，还要走一段距离。"

"难找吗？"我问。

"我陪你们找。"第一个搭话的男孩果断地回答。

明明已经是大三的年纪，青春期早已过去，所以能特别清晰地听见十七岁的他骨骼生长的声音。之城当时穿的是什么我记不清了，只是记得当时雨慢慢变小，时间慢了下来，每个人的身上都还不停地散发着热气，好像看到了彩虹的微光。

"后来他们三个就带我和朝夕去了外国语大学，还帮我们找到了报名处，你知道女孩总是比男孩更感激帮助过她们的人。"我半梦半醒地说。另外两个人，一个叫方沁，一个叫王斯贤。

"因为女孩总是活在幻想里，不断地放大别人对她微小的关心，把一段平淡关系演绎得多姿多彩。不断深陷其中无法自拔的痛苦，逐渐把自己淹没，就像你走进温暖的海洋，一步一步享受按摩式温暖的同时，海水不断地上升，淹没你的鼻梁。"顾大夫说。

"女孩总是在幻想，虽说早熟，但是成熟到一定阶段就不再成长；男生虽然晚熟，但是不断与现实社会互动，越发精明，也就是大家都说的'上道'。"我说。

报名之后，我和朝夕每天都去理工学院的自习室复习，有之城他们三个占座位。他们说他们之前从来都不上自习，自从他们开始上自习被同学发现之后，都开始取笑他们，说是不是吃错了什么迷魂药，那两个女孩的魅力无穷，自习室的人都因为她们比之前增加了一倍。即便是多了一倍，也不需要所谓的占座，只是想与我们取得联系罢了。

"你们学校有没有教师中的风云人物，就是特别好看的那种。"斯贤窃笑着说。

"有啊，张郁，长得很古典的传播学老师。"

"忧郁的郁吗。"之城问。

"是啊，你们都知道。"朝夕笑着说。

"那是他姑姑啦，也偶尔来我们学校讲课，大家都知道是之城的姑姑，但是我怎么觉得她有点冷感呢。"斯贤看着方沁说。

"你这裙子真好看。"之城笑着对我说。

"我喜欢能让人显得格外干净的颜色，小时候听大人说，也许白色是最干净的颜色，但是白色其实无法显得另外搭配的事物更加干净。倒是蓝色会显得很洁净，像被水浸洗过千次。"我说。

之城一个巴掌就打在斯贤的背上，重重的，空洞的声音，像击中了一个破旧的鼓。

张郁看起来是有些清冷的老师，我和朝夕在学校唯一不翘的就是她的课。上课时人总是很多，我们喜欢坐第一排，有时候同宿舍的人说，她的课都没有人敢坐第一排，有什么意义啊。每次我听到这样弱智的话总是很想笑，她完全不懂意义是什么就跑火车一样说出这样的词。我们依然靠前坐着，记录所有随堂笔记，老师对我们印象也很深刻，因为在回答问题的时候，当她把话筒举到我们眼前时，我们总是拒绝。

在后来我们每次去旅行的时候都会寄明信片给她。

她有一次带我们一起出游，她听说我们认识之城的时候，也提议带上他。

我好像已经进入了酣睡的状态。原来我们从出生的那一刻起就混迹于人群，靠着那些没有成型的人格碎片和他人分开，再和另一些人建立联系，成长的过程一环扣一环。或许有些热情已经不复存在，但是因为一些自己的幻想和臆想而崇拜一些人。我依然相信纯粹的东西，相信不被了解的、不被大部分人接受的苦衷，相信孤独，荒芜落败，苍凉萧条。

"就像你和朝夕都喜欢的张郁老师，她是你们的一种幻想吗？或者更准确地说，你把她当作了一个纯白的墙面，把所有的幻象都投射到她身上了。她也是无辜的人。"

梦里有人这样说。

　　我在很多个夏天的午后，听她讲课的时候也像在梦游。奈良美智的那个梦游娃娃就是我的写照。偌大的阶梯教室里面好像只有我和她，周围都是浅色调，被弱化到直至不见。刺眼的阳光透过玻璃折射进教室，那无数个瞬间我觉得她已经变成了透明的，阳光穿过她，洒在地上、黑板上、每个人的身上。其他的人也是因为反射了她的光芒才变得逐渐清晰。

　　那次出游之后，好像平静被打破了。至少之后的我们，直至现在也没有再联系过。

　　"上次我们说朝夕就这样失踪了，你没找过她吗？"
　　"我当然找过，但是爸妈说她家人好像直接带她出国了，也不想和国内的人有任何联系。"
　　"因为他们三个吗？他们三个对她做了什么。"
　　"我只记得你对我说他们三个当时有……侵犯她。"我说这些话的时候只是想拉出记忆深处的秘密，这些只有父母对我说的事情。他们反复地对我说那天的事情，就像他们一直在我身边看着我，关注我的一举一动从未离开过。我只是怀疑他们不仅知道事实，并且还了解得十分详细，每一个细节都描述得清清楚楚，已经可以去做证人了。

只是过去了之后我就忘了这段故事，像现实中出现的重重一击。我记得所有，唯独忘了这片刻。当我从精神濒死中活过来之后，已经无法完全再现最接近死亡的瞬间了，想起那时看到的死亡，发生过的结局一下子又离开了，命有定数这句话突然就不再可靠。原结尾看上去是明亮的，所有的转机都隐藏在里面了。海面涟漪都安静了，已经容纳了所有波折，那么稳固的时刻，怎么还会泛滥呢？我在被心理治疗的过程中无数次地泪水泛滥。

因为她的挣扎没有停止过，从那天到现在，在我脑海里她一直在挣扎，但是无力挣脱。

我们体内太多的酒精干扰我们的清醒。那天在郊外，我和张郁老师一直在聊天，远处是方沁和斯贤摆弄着便当、饭团和美好而冰凉的啤酒。朝夕和之城作为副手帮助他们，不时打闹和追赶，我看着他们，觉得世界如此明亮。

到夜晚一起放了烟花，那个时候我们三个女生都不省人事，男生中也只有之城保持清醒在照顾别人。

"之城，你去帮她们几个买点热茶。"斯贤说。

"刚才见过的那个吗？虽然我腿长跑得最快，但是至少要半个小时。"

"你看她们多难受，吐又吐不出来。"方沁说。

"好吧，我开车过去。"

当时不记得之城去了多久，只记得他回来的时候朝夕在惊吓中显得格外清醒，天蓝色的裙子有被撕扯过的痕迹。张郁瘫坐在一旁默不作声，她的手机定格在报警电话。

后来才知道，之城的车在郊外的路上，为了躲避母牛，自己开到了田地里。他再出现的时候已经是在医院里探望我，我没有见到他第二次。

应该就是这种伤痛才让朝夕远走高飞的，在二十岁的年纪，遇到这样的情况，自尊心超强的人也无法承受。她一定溺死在这样的抑郁里了，将自己束缚进一个囚室，等待开门，等待被自己释放。那些隐隐作痛的瞬间，消失在滚滚的时间洪流里，然后冰霜融化。

我开始在所有社交网络中寻找她，即使我们已经每天形影不离了，但是依然乐此不疲地在各自的页面中调情。

"找不到了。"我头疼欲裂，呼喊着醒来。在摇椅上摇摇晃晃地快要掉下来，被顾大夫一把抓住了手臂才稳住了重心。隔着衣服的触感带着真实的力度，甚至抓得我有些疼痛。我能感觉得到他皮肤的温度，从这一小片被他握住的部分开始，极速蹿升的电流经过了每一寸从事故发生到现在沉睡的肌肤，每一个照常消亡和诞生的细胞。心脏开始猛然抽动，我的大脑忘记了该有的举动。

"她离开你就是为了隔绝这已经发生的一切。"顾大夫说。

"她会不会再突然出现呢？"我在心里一直问自己。

"你要开始勇敢面对新的日子了，我所说的新的日子其实就是和你之前一样的生活，在你们遇见他们之前，或者你试着忘了朝夕吧。"

"我试试。"

精神逐渐恢复，我每天都能收到匿名送来的鲜花，种类不会超过风信子和玫瑰。

对于很多事情，好像就这样过去了，不会再提起，就好像从来没发生过，反正我什么都不记得，有时候甚至会庆幸受伤害的不是自己。可是那又怎么样呢？失去的人终究是失去了，她再也不会回来了。

我大概可以猜得到花是谁送来的，风信子是张郁，她带着对未来一如既往的美好的希冀。玫瑰或许是之城，或许是顾大夫。至少我希望是他们其中的一人。只是每当我想到万一是方沁或斯贤就会泛起一阵一阵天旋地转的眩晕。

我知道他们几个是会再回来的，留在我的身边，至少我能接受，理由还是那一个，因为受伤害的不是我。

"老师，你知道我落下了多少课吗？"我没忍住给张郁发了信息。

"一个月的课时。"

她回复的速度让我认为她的手机可能是长在了手上。

"你好点了吗？"

"好多了，想明天就回去。"

"加油，我在学校等你。"

重新回到学校，总是有种大病初愈的感觉，更精确地说，应该是恍如隔世。我从心理上俯瞰着这些同龄人，他们没有人知道我作为一个事故的旁观者到底看到了什么，有过怎样的无边无际的恐惧，这些恐惧直到现在都没有消失过。

张郁就在教学楼门口等着我，初夏暖暖的日光，她穿着简约的连衣裙，远远地站在那儿，就像一首诗。

　　"谢谢你啊，一直寄花给我。风信子太漂亮了，我喜欢猜她们绽放的颜色。"我笑着对她说。

　　"什么花？我自己从来都不养，怎么会送花给你？该不是哪个神秘仰慕者送你的吧？"

　　听她这样一说，我忽然有一丝害怕。

　　"晚上我们约之城出来见面吧，只见他一个人。"我说。

　　"好。"张郁这次的回答有些犹豫。

　　晚上我们约在咖啡馆的中间位置，初夏的夜晚有丝丝的凉意。

　　之城带着一个含苞待放的风信子，一边笑一边朝我们走来。

　　"看到了吧，就是他送的。"张郁开心的表情好像早已知道了谜底。

　　"其实我还收到了玫瑰，只是不知道是谁送的。"

　　张郁和之城两个人面面相觑。

　　"那就让神秘人一直送下去吧。等 TA 想露面的时候，自然就会出现了。"张郁说。

　　"你的那两个同学呢？"我问道。

"彻底绝交了。"

"其实我想追究到底，他们已经到了承担刑事犯罪的年龄，总是要为自己做的事情付出代价。"张郁说。

"不是那么容易的，很多事情互相牵连一环扣一环，也许最后他们是得到了惩罚，但是毁掉的不只是他们两个人的青春，还有很多人的一生。"之城瞪着眼睛看着张郁说。

我们三个人又是一阵沉默。

周末的时候我回到家中，看到家里也收到了很多玫瑰，每一束玫瑰数量相同，颜色相同，都没有写名字。爸妈也习惯性地把两束放在一个玻璃花瓶中装好。让它们继续喝营养水，度过 30 天左右的生命。

我在将剪掉的枝丫放进垃圾桶的时候，看到了桶里的卡片上赫然写着"朝夕"。

原来都是爸妈撕掉的，他们怕我担心她，怕我想起那些让女生尊严被践踏一生的经历，导致我的人生也会蒙上阴影。我知道他们对我的期望很高，想让我高贵独立地成长，其实在他们眼中，我可能根本不需要朋友。

我觉得他们低估了我的丰富性，他们还是那么狭隘。人并不是因为被外界改变而成为什么样子，而是那本身就是人生的一部分。人是多元化的，对世界和万变的人性要充满好奇和赤子之心。不怕从头来过，才算是年轻人的美德。

我打开社交网络，发现朝夕重新加了我，联系人里也只有我。地址显示是纽约。我为她从头开始的新生活感到由衷的兴奋。

"纽约下雨了吗？"我随口就问，亲切自然就像我们很久很久以前一样。

"是啊，好冷啊。"

这样简单的对话可能对于所有人来说真的不重要，重要的是互相给予的力量，那些让人激动不已的世间辽阔，不会随着空间和时间的改变而改变。

"你好些了吗？"朝夕问。

"好多了，前天刚回校。"

"那就好，开始新生活。"

"你也是。"

言谈更像君子之交，之前的亲昵早已消失殆尽。我感到一阵绝望。

"我的意思是我们不要再有任何的联系，我听你家人的意见，帮助你度过了最难熬的时间，你懂吗？"

我感到一阵眩晕，不想相信这信息是来源于她。

"我不懂。"我说。

"这都要怪你父母，两个狭隘之人。"

"他们怎么狭隘都是我的父母，跟我们毫无关联。"

"可笑的是他们自私地以为我会护你一生安好，可怕的是我再也不喜欢你了，你懂吗？"

她的信息像无数锋利的小刀划破我的肌肤，看不到细微的伤口，但是汩汩的丑陋的鲜血不停地涌出。

她没再说话，我也沉默。过了一刻钟收件箱又提示有新消息，是一段视频。

我清清楚楚地看到了，下雨那天的场景，那个被伤害的人，是我。

和你在一起的二十二年

人生大限，无人能破。白先勇曾这样说过。直到奶奶去世我才知道，我和她的交集，已经框在二十二岁之前的所有少年时光里。彭坦也曾经唱过，是谁的青春期如此的漫长。我们漫长的不是青春，而是现在看来对无所谓的事情的纠结而迷茫的日子。我从未想过自己在三十岁之前面对生离死别，即便我现在已经在奔三的路上希望自己没有岁月可辜负地一路狂奔，抛下曾经陪伴自己和许诺一辈子在一起的所有人。

爸爸说，奶奶生病的几个月，意识模糊，但是还记得我的名字，看到跟我身高相仿的女性就会大喊"小馨"，直到后来她也无法分清对方是男是女，可还是在呼唤我。我不禁回忆起和她一起的点滴，小时候对她散发着药味的怀抱总是熟悉，长大后开始躲避她，觉得她啰唆至极，后来就演变成叛逆，和她吵架。再后来，想到她我就会很难过。

我出生后不久，奶奶就退休了，所以我的婴幼儿时光便是与她一起度过的。她是个典型的抽烟喝酒样样拿手的淑女"医生"，直到我当年在一个黏腻的夏天看了郑伊健的电影《辣手回春》，发现这个电影跟奶奶的风格很像。

小时候不觉得她会治病，觉得她大部分时间都是在和患者聊天，后来才知道她会一些封建迷信的东西。谁家的孩子吓到了，几天睡觉不能合眼，被她一吓就哭了，随后就彻底好了。每次我在家的时候，只要有人来，我也习惯性地躲在屋子里用棉被把自己捂起来。小时候我不爱去幼儿园，我从小沉默寡言，奶奶怕我被其他小朋友孤立，就每天陪我去幼儿园，在课间的时候陪我下棋、习字、讲故事。

爷爷比奶奶年长十岁，年龄差距让奶奶看起来更像一个小女人，但是在独立这个事情上，她做得很好。她当时不停地给人看病，以至于爷爷去世后，她一刻都不能闲着。我曾经很诧异地问过父母，奶奶为什么这么努力，也赚不了几个钱，但她就是喜欢跟人交流。有时候她也会拉着我跟我讲人生的轮回，她说也许隔了几世就能再遇见，要我好好惜福。她说我是命好的小孩，什么都不怕。说看我眉毛就看得出来。

爸爸说人定胜天，而奶奶说人力不敌天命。爸爸说，她是病人。后来我才知道，她只是想找人说话而已。而她说我命好，也是她一直的希冀。

她从不让我和男孩子走在一起，以至于小学毕业我才开始早恋。那天，我妈把男生写给我的信和考试成绩单摔在我面前，让我解释。我的头"轰"的一下，只因隐私被她发现而恼羞成怒，一头冲出了家门。我绕着家属楼的院子跑，奶奶在身后追我，我妈在奶奶身后追奶奶。大晚上了，碰见邻居，还以为我们一家在进行mini马拉松比赛。再后来我偷偷躲在了家里桌子下，隐约中听见他们找了我几次，就没再找了。顿时我觉得那种近乎被忽略的感觉很难受，也第一次体会到了孤独。后来奶奶发现了我，我的脸上泛起了红霞。直到现在回忆起来我才发现，那可能是我家最丢人的一件事。奶奶对这件事自始至终只字不提，而我知道她什么都清楚。

　　后来发现她开始目送我上学，目的就是监督我和那个男生不再交往。妈妈则先是找老师，后来又把我转到了别的学校，但是都没有奶奶当时的眼神来得厉害。为这件事，我怨恨过奶奶，甚至有两个星期没和她说话。

　　我妈总是说我无情绪、玩深沉，时而冷静到让人害怕，就是拜奶奶所赐，后来才被激发了伪文艺与看似开朗的本性。这么多年来，有一个画面一直浮现于我的脑海中，我和奶奶面对面坐在二十年前的幼儿园里，她陪我看课外书，学更多的字。我们相处最多的时候就是在幼时，那对我而言是一段简单安静的时光，一日又一日无尽的重复，每一天都很长很长。

家里有很多唐诗卡片，每张上都有一首诗，她老说："记得李白那首吗？"长大后我对此很是崩溃，就抱怨说我都大二快毕业了，要学的东西很多，都没有时间翘课去玩，早已不是不知文意背对几句诗就很得意的小女孩了。

我现在回想起来，或许是因为我与她之后的共同回忆太稀疏，所以她一直时不时想着我还是个小孩，以为乖乖地清楚记得每一首诗就懂得了全世界的文化。直到大学时，到寒暑假才会回家一趟，看到她总是站在阳台上，拉开窗帘望向远方，反复地问我爸北京在哪个方向，看了很久就又低着头沉默不语。突然觉得自己当时回答得太直白、太荒唐、太不孝。我应该说，呵，好呀，现在就背。她一定会高兴。这不过是个简单的要求，我又何必那么较真。

奶奶去世后，我就再也没回过老家。除了她以外也没有人理会时而爆发情绪的我。一个陪我长大的人，一个在别人停止寻找我之后一直找我的人，就这么凭空地消失在我的生命里。直到后来哥哥的女儿出生，她低头沉默的样子，或是拉开窗帘看外面的样子，和奶奶在世的时候竟然有些相似。想起奶奶曾经说过的话，关于人生的轮回，总会再相见。而和小侄女一起玩耍的时光，也是现在我所剩无几的最简单的快乐。

如果这是梦境

我不想醒来

chapter · 05

"我梦见自己在冰山上赤裸着双脚等你来，你说你一定会回来，所以会一直等你。因为我怀抱着关于你的 2000 个秘密，让我在冰天雪地里炽热难耐。"

双生梦记

1

醒来时，他们说我的伤口已经痊愈了，接下来要走刑法程序，才能定罪。

真是让人欲哭无泪。

不知道为何要给我定罪，我只是防卫过当。我已经解释过无数次，因为防卫，也因为守护爱情，我失去了我一生的好朋友。

前几天经历了这些年罕见的抑郁，不知道原因以及去向，或许抑郁一直在我身旁，最近才显现出来。我与秋子在一起的时候，抑郁才会减轻，独处的时候这感觉就像海潮一样汹涌而来，绵延不绝，如同水草缠绕脚踝，让我无法挣脱。几天来几乎没有任何食欲，只是不停地喝水，我认为水可以让身体和灵魂都清澈和清醒。我发觉万事无味，坐立不安，然后就任由这样的感觉牵引着自己。无法使用通信设备，想依靠那些发过的微博回顾当时的甜蜜时光，我，周深，还有秋子。

但是我总是在回忆里打开我的微博，夏宁的随行笔记。

微博里都是幸福的记录，像刻下来的幸福时光。

"I could die for it"，是三个多月之前我跟周深第一次亲密接触后发的微博。当时秋子就睡在隔壁的房间，她也许听见了我们的声音。不过现在想起来只能用一句话概括，人生的第一次浅尝，已经到了绝唱的程度，以后的每时每刻都无法更幸福，只能怀念。没想到一念成谶，真的成了现在这个样子。

2

律师每天都会来看我。我不断地回忆，回忆自己发过的微博，寻找我们三个在一起时的记忆。

"前日我帮你整理书架，你看看吧，但是电子设备你还是不能看。"

把所有书信、卡片或者书签什么的东西都找出来，慢慢回忆凝聚在它们身上的典故。我们喜欢收集不同的笔记本，每个本都用不到三分之一就被扔掉了，好像半途而废的人生。喜欢摩挲着看着写过的字句，慢慢融化的时光诠释了某个特定时期的喜怒哀乐，它就这么安安静静地待在我们的桌子上，和风景融合在一起，不再突兀，就好像经过了一道彩虹，但是不会怀疑彩虹为什么会在这里。

我常常在想，如果再选择一次，一定会让自己任性一点，坚持一点，果断离开秋子。毕竟之前的生活我们都太乖了，委屈了自己，同样影响了别人。推翻之前所有的妥协，做自己，不会像后来的我和秋子，想法几乎是同步的，思想就融合在了一起，变成了一个圆形，终点也是起点。

3

这些法语笔记的内容我都记得清清楚楚，再看其实也没有意义了，只能无数次地勾起我的伤心往事，让我无数次地想到死。可是幸福的可能又有多少自我决定的成分？我让它们静静地躺在角落里，就像秋天弥漫的阳光，刻意地拍着我们的肩膀，向日葵孤独地生长成没有颜色的草。

我和秋子都是法语系研一的学生，一边找工作一边上课，对于语言系的大学生来说，时间很充裕。

我是本校的学生，秋子从外省的大学考入这所全国瞩目的外国语学校，抱着将来当外交官的鸿鹄之志，在社交网络盛行的年代每天都会刷微博了解国际大势，看附近的人都发了什么，看学校的一些奇闻轶事和勤工俭学的信息。

秋子很勤奋，在我看来，她一直都与爱情隔绝，她成功地隔绝出一种让人望尘莫及的学霸生活。我也享受这种跟学霸在一起俯瞰世人的感觉，尽管很多社会关系网强悍的学生对我们嗤之以鼻。还好我们两个人同一个宿舍，这种刚开始不冷不热的舍友关系很容易就演变成亲人，彼此之间没有秘密，包括感情方面。

其实我和秋子都没有谈过恋爱，对于公元 2014 年的研究生来说，其实也不算稀奇，校园里出双入对的大概 50%，单身的 50%，谁也不比谁好多少，可是总是有人喜欢炫耀。对此秋子喜欢说她最认同的理论就是"秀恩爱，散得快"。我们都是短发齐耳，喜欢穿白衬衫，也喜欢两个人拍照片。说到拍照，我和秋子就是这样认识周深的。我平静地对律师说。我能感受到自己此刻流露出幸福的目光。

"我们是微博上认识的。"我说。

"他怎么发现的你们？"

"他用'附近人'的功能看到了我们，他的工作室就在我们校园附近，其实是个很简陋的工作室，里面亮着红红的光，我觉得很怀旧。"

"你认为是什么吸引了他？"

"他说是我和秋子极致干净的气质，但是毫无疑问他最爱的是我。"

"如果只是因为相貌，这样的约见是非常危险的。"律师不止一次地推着眼镜对我说。我对他很不满意，不知道为什么会安排这样的律师给我，不止一次地重复问题，永远在我最想回忆的地方打断我。我想下一次就爆发，绝不容忍。

我不再看他，自顾自地开始回忆着。

周深后来约我，要给我和秋子拍照，说我们身上有一种不被打扰的单纯。我们就这样欢愉地赴约。

他是个干净又幽默的人，不算帅气，但是总带着青春的不安，像随时会与未来失约，让我们有种欲罢不能的新鲜感。他身上散发着淡淡的香气，没有丝毫汗味。拍照的时候他说，你们看过法国电影《两生花》吗？你们和电影唯一不同的就是你们两个相遇了，两个很相似的人，可以在外人面前互相取代。

他还说，你们不要做文艺青年，如我们老一辈所知，文艺的一个重要特征就是"世界那么大，我想去看看"，就是"生活不只是眼前的苟且，还有诗和远方"，周深又举了很多"爱文艺让生活更美好"的反例，恳切地提出希望，希望那些靠文字为生的人，不要笼统地叫文艺青年。

我们顿时为之倾倒。直到后来我才发现，他也是听别人说过的。

4

我是知道秋子对周深的感情的，周深写的微博她都会评论，有几次她发给他的私信我都看到了。只是我视而不见，现在恨自己为什么当时不制止，这样也就不会酿成今天的痛苦了。还是那句话，我们都太乖了吧。

我同情她的感情，像一棵植物，躲在背阴的部分，散发出绿色的光芒。一旦被拱上台面就会矢口否认，任凭情感在狭窄的心房成长，最后无法逃脱瑰丽伤感的命运。

记忆中我们三个走在校园里，被同校的学生们用奇异的目光打量着，他们总是带着像流水线生产的统一的表情打量我们，有些冷淡，有些机警，目光虽然清浅但是也看清了一切，不像我们三个一样单纯而直接。但是那些目光分明在嘲笑我们的短见和盲目。

　　因为和秋子一起久了，我也意识到自己的改变，无论是欣慰的还是遗憾的。我越来越听不到自己心里的声音，总觉得和大多数人在一起就是正确的，我害怕一个人去做一件事情；我害怕没有标尺、没有度量、没有比较；我害怕我不知道的评价；我害怕有一天我变成以前我所失望的样子；我害怕彻底进入社会之前患罕见的抑郁症，像所有之前我自己认为的那些 loser 一样，没有走上人生巅峰，就在中途跌落深渊。在那之前，人生中的一些选择，我并不觉得是明智的，也不觉得遗憾，至少我用我的时间见证了生命的又一种可能性，而那些不敢面对的情绪和性格中阴暗的东西，我也没有勇气去正视。

　　从来没有人知道最后一刻何时来临。那些没有在一起的爱情，没有承认的错误，没有发芽的阴谋，都溶解在片尾黑色的谎言里面了。

5

“你和周深是什么时候确定的关系？”律师问。

他终于问我这个问题了，也是我最想回答的。

当时他带我去看一个摄影展，我没有叫秋子，她应该很不开心。但是没有办法，爱情面前人人都需要空间。

而且周深的微博全程发了我和他在摄影展上的自拍，他说他想隔绝秋子，不想三个人的关系太暧昧尴尬，我们都是比较传统的人，秋子该有自己的生活。

“后来他送你回到宿舍的？”

“是的，记忆中，摩托车飞驰着，时而汇入喧嚣的车流，时而又回到公路，把两旁的高楼和植物拉成一团团模糊的线条背景，抛在身后越来越远的地方。世界暗淡下来，只剩摩托车的呜呜声。后来我就困了，把脸贴在周深的背上，脸颊触到他微凸的脊椎骨节，很瘦的背，我就睡去了。”

“后来他跟你一起过夜的？”

“是的，我们发生了一直期待的事情。发生之后，我才真正理解了侯孝贤在电影里所说的：你想和她上床，她也想和你上床，你们都知道总有一天你们会上床，但不知道你们会在哪一天上床，这就是最好的时光。在那次之后，我和秋子的关系就更僵化了，她总是自己闷在房间里不发一言，少有的课也不去上了。系里的辅导员让我转达退学令的消息。"

有一天，她的微博发了一条消息，"最近做什么事情都集中不了注意力，我不知道是哪里错了，但是我并不着急。我以前本来是个很急的人，现在却也喜欢慢慢来了，太多的事情总是让人在胡思乱想当中改变。在我们都不知道的时间里，我们又会变成什么样呢？会变成我们失望的样子吧，我不想看到那个向着深渊慢慢滑行的你以及我自己。"

我知道当时秋子很伤心，她写下那句我们都喜欢的话：Je suis passé pour être présent dans ton futur。

6

"周深，还是没来看我吗？"我问陪护的医生。

"没有。"

"他怕我连累他，他还那么年轻，如果可以删除记忆，他一定会删除这段我们三个人开始时无比美好，但是又不知如何结束的故事。"

医生继续凝视着我，我能感受到他没有温度的目光，

185

他见识了太多生老病死，但是现在的他依然可以温暖我，因为我太孤单了。

"我的孩子怎么样了，即使我和周深以后不能在一起，我依然想生下他，当作爱情的纪念。"

"你没有怀孕。"

"怎么可能！明明是三个月了，当时的小腹都是凸起的，你不要因为怕我难过而不告诉我实情，没了，我也有勇气接受。"

"你真的没有怀孕，你现在就在例假期间，情绪不要太激动。"

他说完就离开了。

"如果现在有通信工具，我好想更新自己的微博，Je suis passé pour être présent dans ton futur。这句话是为了周深而写，也是写给秋子的。我希望他离开是因为想参演我的未来。他会回来的，一定。"

7

一个阳光格外刺眼的早晨，律师和医生一同进来，像阳光般强势地穿透一切，走到我的身边，停了一会。

"你不是夏宁，你是秋子。

"我们这段时间都是直接叫出你的编号而不是名字，就是为了唤起你的记忆。

"你们爱上了同一个人，夏宁与周深在一起后，不再学习，也不再在日常生活中陪伴你，对你来说他们两个都是你依赖的人，你假期不再回家是因为你的父母已经收到了你的退学令，你后来没有再上课，只是一味地等着夏宁和你一起出去。你一直在逃避。在你为你们三个安排的相识一周年派对上，你的精神彻底崩溃，因为夏宁宣布要和周深结婚，因为她已经怀孕。

"你借故拉掉电闸，支开周深。然后开始和夏宁厮打，夏宁本身患有轻度抑郁，精神记忆崩溃，行为不受控制，被你施暴致死。但是她同样将你推到玻璃桌上，你的头部受创，意识混乱。从你习惯性地窥探夏宁微博的时候，你已经渐渐地进入一种你想要的梦境，你的梦做得太久了，夏宁的抑郁也投射到你身上，你把伸长了手臂都无法触碰到的华丽情节移植到了自己心里，想象是美好的。你该醒了。"

你永远无法参演别人的未来。

斯德哥尔摩综合征

最近办公室里常常会听大家提起一个叫 Leslie 的人，他是我们这个投行里面很多高层或者是初入投行人的偶像。对他的看法大家众说纷纭，有人说他是个被家族抛弃的人，有人说他是大名鼎鼎的汤姆斯基金的创始人，有人说他是一个妄想症患者，善于短时间内组织所有的记忆，迅速但又比较生硬地拼凑在一起，针对特定的对象进行删减或者编辑。

他在微博上的名字是拯救世界的 Leslie，网络上唯一能找到的关于他的网络背书，是介绍他与寿司之神小野二郎是好友，是一位家族企业长期投资中国和海外连锁餐厅的商人。他开设的 Jiro Peking 北京店内所有陈设、餐具及食材皆来自日本：茶杯有富士山杯；清酒有十四代清酒和昭德古酒；手握寿司的米用的山田锦大米，这是做清酒的顶级大米；酱油使用十四代清酒、昆布和松露泡制而成；所有生鱼均来自当天的筑地市场空运回北京，讲究的就是顶级食材……全面细致但是又总觉得缺少一点什么。

所有人见过他之后的反应各异，相同的是都十分兴奋又喜欢滔滔不绝。

1

致枫是我们公司一个美艳的 HR，在她提及约见 Leslie 之前，没有人知道她这么痴迷日料。

在见 Leslie 之前，我们都认为她恶补了《寿司之神》。她去见他之前还单独约我，我觉得很像彩排，她对我说："你知道吗 Susan，吃寿司蘸酱油的时候，要用有料的一面去蘸，而不是用米粒的那一边蘸。吃寿司的时候，为了更好地感受寿司本来的味道，将寿司有料的部分先接触舌头。如果点寿司套餐，摆放顺序是有讲究的，请从离筷子最近的寿司开始食用。未使用过的筷子才可以放在筷子架上，把筷子放在酱油碟上就是吃饱了的意思。不要交互摩擦筷子。吃一半的寿司不要放回寿司板上。不要把姜片放在寿司上。不要把芥末搅散在酱油里，芥末应直接用筷子放在寿司上。不要把现金付给寿司师傅，寿司师傅的手是不能直接接触现金的。"

"你接下来是不是要学日语了？"

"你会吗？现在就教我几句！"

"我会的少，就教你寿司 おすし"

"够用了。我至少不能一无所知。"

回来之后，她就再也没有跟我提过 Leslie，与她约会之前的高调截然不同，像有人把她的灵魂换走了。

中午她又带我去吃了定食，我凭借直觉主观臆测她投入了一些。

过了一会，她的手机跳出了微信提示。

"Susan 你看，我昨天刚发了一条想要吃荞麦面的微博，他私信我了耶。"

"他说什么？"

"他问我是不是没吃饱，要带我去，你看看。"

我笑了笑，眼神避开了她们的私信页面。

2

西丽是我们投行里非常资深的 PE，连续几个 TMT 的项目都十分顺利。她去见 Leslie 的事情只有我的 partner 志旺知道。听志旺说，西丽去约 Leslie 之前特意嘱咐了志旺说不要告诉我。但是真可笑，志旺是追过我的人，公司内外大事小事只要他知道的都会告诉我，我从来不觉得自己利用这点优势获得些有利信息有什么不对，这都是理所应当的交换。

不过西丽去约他真是我意料之外，她明明连男朋友都没有，之前也是声称不会找男人的。我也一度认为她是一个标准的 Tom Girl，在每周五穿着卫衣，有时候还带着滑板，平时披散的长发会整洁地扎起来，还会戴着巨大的耳机，周五下班准时走人，不参与周五办的任何 Team Building。

志旺跟我说，有好几次他看到她好像都是坐地铁回家了。

我觉得没有什么可惊奇的，也许就是为了拍照上传 ins 而已，一种在高压环境里坚持劳逸结合的积极向上的

191

时尚生活方式，一定很受推崇的。

"她每周五都会发的，角度不一，很多同事都夸她。"

"我怎么没看到过。"

"你直接点进去看看历史记录。"

"还是没有，看来我被屏蔽在外了。"

"很正常，她或许是看你太聪明了，怕被你拆穿吧。"

"应该就是这个原因。"

我看到朋友圈里她又发了一条"人群和爱情都有催眠作用，让人不清醒，唯有孤独，清澈如初生"。

"她可真是文艺致死啊，你看看这条。"

"她刚发的吗？我看看……呃，我手机里怎么没有。"

"西丽真是为发条朋友圈操碎了心。"

"对啊，还是你比较好，只发过两条，而且签名里还明明白白地写着 I've only post two moments。"

我只是不喜欢这种展示生活的方式罢了，明明是交流工具，却有一半的功能是在做半熟人的社交，有的人刚认识就开始对你每条朋友圈点赞，有的人在你发完信息过去之后自动回复了重新加对方为好友的消息，防不胜防，毫无疑义。可是没办法，就是有大多数的年轻人需要这样的关注和展示，在网络中用生命追求存在的意义。

3

万万没想到，志旺居然去见了他。

我拉着他吃午饭想一探究竟。

"你好奇心真旺盛，男的你也约啊。"

"是啊，我为什么不能约，世界那么大，你真的不约一下他试一试吗？"

套餐上来时，志旺就开始埋头吃饭，没主动对我说过一句话，他的表现与以往略有不同，不知道是还处在某种恐惧中，还是因为什么。

"你还好吧。"

"还好，就是脑子有点乱，Leslie 好像了解我们中的所有人，甚至了解你，但是我跟他聊完之后，反而觉得……"

"觉得什么？"

"我好像从来不认识你。"

我忽然不知道该说什么，难道他知道我一直抱着交换的想法跟他当朋友的吗？这绝不可能。难道他是在西丽和致枫那里知道了什么？也不可能，我不会和其他同事成为朋友。

4

黑莓手机里邮箱的红点亮了起来，我直接点开，却是致枫约我吃晚饭的信息。

"Susan 晚上如果有时间一起吃饭？"

"好。"

她在我一头雾水的时候向我发出了邀请，还是很及时的。

她带我走到希尔顿酒店，很难想象我们两个并不熟的女生第一次工作之外的约见是选在这里。这一定也是受之前的事情影响。

她娴熟地和服务员打招呼，领班居然对她行礼，看起来像高层才享有的待遇。

"Leslie 交代过了，你来得真准时。"

事实被验证后，我长吁了一口气。

前菜、主菜陆续上来，她没开口说话之前我也坚决不主动。

"最近我认识了 Leslie。"

"哦？真的呀？他好有名的。"我的反应让我觉得自己的演技有些浮夸。

"我知道了好几个同事的事情。"

"包括？"

"我刚知道西丽原来想当明星，当时 Leslie 说她年纪太大，但是也可以让她演几部戏。但是代价是要当他女朋友，他有某种瘾，需要很多女人的那种瘾。"

我倒吸一口凉气，点点头，看着面前的奶油汤，有种恶心的感觉在食管里涌动。

"后面呢？"

"西丽答应了，真是想不到她那么想红，平时一点都看不出来，就是觉得她每周五都很张扬。"

"想当明星也没什么错，志玲姐姐不也是 30 多岁出道的吗，现在依然这么赚钱。"

"问题是，她答应了交换，真是跟我想象中不同。而且她对我说的与 Leslie 对我说的完全不同，她说她从来没见过 Leslie。"

各种悬疑已经不想去追究，但是我一直觉得走一段路，开一扇门，见一个人，改变一小块世界，这不是很好吗？直到收到一条私信。

5

或许微博存在的意义，对于忙碌的白领来说，就是偶尔刷刷，看看热点，对于我们公司见过 Leslie 的人来说，就是看看有没有收到他的私信。

下班挤地铁的时候，我百无聊赖地打开微博，看到了一条信息，居然来自 Leslie。

"虽然我们不熟，但是我比你都了解你自己。"

出于自我保护的本能，我没有回复。

"你一直在公司暗中观察别人，利用一个男孩得到所有你想要的信息。你还知道关于我的故事，我和他们遇见都是因为你引起的，他们对你评论不一，要是想自保，最好告诉我你能给我什么。我会让你一直在公司老老实实地做下去，不费力气。"

毫不费力地删除私信，我知道，其他人就是因为回复了他才万劫不复。

三人行

1

签了吧，安薇把一纸离婚协议书放在李川面前。

李川头埋得很低，一直说对不起。声音很小，只有他自己听得见，安薇很想再给他一个朋友式的拥抱，但是已经无力向前再跨出一步。

李川说："出去吃饭吧。"

安薇："好聚好散。"

9月的香港，还是夏天的尾巴。两个人在匆忙的街上走着，时不时被人群冲散，只不过这次再也不会有谁去刻意追上谁的脚步了，除了这次餐厅的目的地相同，以后将各走各路。

闻着熟悉的奶茶香，看到"港片大哥边吃饭边讲数"，一种最熟悉不过的亲切感。

"三杯奶茶走冰……"李川话音刚落，安薇瞪着眼睛看着他。

"啊，是两杯。"一种旧日的习惯似乎很难改正，越老就越难改。服务员瞪了李川一眼，眨了下眼睛，抿着嘴摇了摇头。

周围的顾客还是像一年前他们刚来做交换生的时候一样，可以是西装领带，也可以是衬衫拖鞋。桌子上除了摆放着糖，还有酱油、醋、牙签、胡椒粉，甚至辣椒酱。压在桌面上玻璃底下的，是完全属于香港人的油腻腻的菜单，从牛腩米线到意大利面，从扬州炒饭到葡国鸡饭，当然还有香港原创的鸳鸯柠啡，甚至简单不过的柠水也都明码标价，海南鸡饭可以配罗宋汤、龙利鱼柳沙律可以送油菜。

安薇呵呵地笑了。

李川问："你笑什么？"

安薇说："也许只有餐厅一成不变。"

一年之前，李川、新元和安薇三个人来到香港做交换生，作为内地知名学院音乐系的学生，都是九〇年出生，受香港文化和音乐的影响颇深，三个人在校内学业上拼实力，校外拼关系，好不容易才到了香港，只是没想到，这一来，竟成了一个人的永别。

"如果当时答应了新元也许不会这么惨。可是没有如果。"安薇一边嘬着冰凉的丝袜奶茶一边想。

"你不能喝凉的吧。"李川话音刚落，他忽然觉得他俩现在的关系已经不适合再讲出这样的话。

"如果当时没有'意气用事'的求婚，也许还是朋友，还可以关心和问候，是自己搞砸了一切吗？"

静默了一会，吹着十足的冷气，安薇禁不住打了一个冷战。

店里的音乐响起，声音由小变大，悠悠地从音响中飘出来。

"如果痴痴地等终于可等到一生中最爱，
谁介意你我这段情每每碰上了意外不清楚未来
何曾愿意我心中所爱
每天要孤单看海"

安薇大声地说："这不是你写的吗？"

"是。"

"终于在回内地之前有作品发表了，我之前都不知

199

道，就听新元说过你写了一首歌给唱片公司，当时说会被用上。"

"挺好的。"李川有点哽咽，喝了一大口水镇定心神。

"这首歌是送给谁的？"

"一个朋友。"

"女生吗？"

"这不重要。"

或许任何一对情侣在分开后都需要很长的一段时间适应和重新定义彼此的关系，以此明确界限，是当朋友更好，还是老死不相往来更好。

2

说到离婚，其实理由十分蹊跷。

婚后不久，安薇和李川没有任何夫妻生活。

一开始安薇以为是李川本身性格害羞加上音乐人工作压力大，可是这个年代谁的压力不大呢？性应该是一个解压的出口，每次安薇都等李川到深夜，他拖着疲惫的身子走进家门，安薇就跑上前去给李川一个熊抱。

李川也会拥抱安薇，但只是轻巧地搂过来，拍拍肩膀就径直走向厨房为自己做点吃的。

夜里的时候，安薇会紧紧地握着李川的手，试探性地往自己的胸部引，但是李川坚持几秒之后又迅速地抽回手说："亲爱的，明天还要早起给歌手录音，得早点睡了。"

半年过去了，安薇闷闷不乐，便提出了离婚。她笃定地认为这种情形不是他有外遇又是什么呢？

想想当时结婚的时候，安薇对李川说，也许我们的婚姻是仓促的。

那时新元刚过世不久，他身边的朋友们习惯性地活在失去他的阴影之中。安薇拖着像被掏空的身子一下飞机就收到了李川的短信："到了吗？"安薇当时有一种意识，他可能是她唯一的朋友了。

她在空旷无人的候机厅大哭了一场，哪怕只是一句问候，也让她感觉自己还活着。

然后安薇立马就去买了热气腾腾的比萨，去他的公司和他加班。他的脚步声很沉重，头发灰蒙蒙的，还有细屑。李川从她认识他的第一天，就没有穿过相同的衣服。而他身上这件，明显好久没有换过，衣服的领子还打着卷。那天她和李川回家了。

他一个人坐在落地窗前喝了一罐啤酒，偌大的房间只有玄关和窗前的台灯亮着。安薇和他坐成了遥远的对角线注视着彼此。

他借着酒劲儿，对她说："你知道吗？在新元眼里，咱们俩特别合适。"新元喜欢安薇这件事情，毕业之前音乐系内地的同学人尽皆知。李川也不例外，他有几次想帮新元说话，但是都被安薇粗暴地拦下了。

安薇口是心非地说："是吗？我怎么不知道。"

李川像没听见她的回复，接着说："你知道吗？咱俩星座特别合适。"

"你不是一直不信星座吗？"

"但是人还是得信啊，就像命一样，很多事情都是注定的，咱们只是棋子。"

"那……咱们要不要在一起，比如结婚？"

李川捏扁了手中的易拉罐说："好啊。"

婚礼上，李川叫了两桌人，证婚人是大学时候的辅导员。

辅导员说了句："我都不知道他们用什么时间谈的恋爱。"安薇这才意识到，她和李川似乎跳过了所有情侣们热恋、平淡、纠结、暗战的过程，她觉得自己还是很幸运的。

婚后没有亲密的日子里，安薇还短期地安慰过自己：
"这个人不就是一直喜欢的人吗？还图什么呢？这是比她
高15厘米的男人，当他的手臂搂着她时，可以正好靠在
他肩上，希望他不仅仅是有才华还热爱艺术，最好会写
歌；他积极乐观爱笑，即便我不哭的时候也笑着对我；
他充满想象力，富有同情心，有理想，有跟我一样的死
党。"死党确实是有，但是也确实是死了。如今就剩安薇
和李川两个人相依为命，安薇常常希望新元不要在噩梦
里抱怨。

3

"两个西多士，三个冻鸳鸯走冰，唔该……"李川对
茶餐厅店员用粤语说。说完，忍不住对着新元和安薇得意
地笑。

安薇看着李川新烫的头发说："几天不见，怎么是蒙
奇奇发型了？"

新元一边摆弄着刚买的琴谱一边说："这个啊，你们
女生的审美不行，但凡想说男生可爱就偏偏往动物上夸。"

"蒙奇奇是著名的日本玩偶。"

"现在抵日这么严重，你还谈日本，上课时候你说想吃宇治金时的雪糕，你没看到旁边的香港学生怎么对你翻白眼的？"李川说。

"你这港普说得挺溜啊，这刚来香港半年你就可以镇定自若地跟香港同胞一样点餐了。"新元说。

"这不是为了省却麻烦和不必要的白眼嘛。"

"对啊，安薇确实需要智商比较高的雄性动物保护她。"

"行了，你们俩又合起伙来。你们终于承认男生是动物了。"

"这是让你早早了解世界的真相，教你一些'人生的经验'。"

三个人说完哈哈大笑，铜铃般的笑声引得旁边顾客侧目。服务员一边上餐，一边翻着白眼。

李川笑着说："得，两不耽误，人家就是能一边上餐一边翻白眼。"

新元看着安薇想笑未笑，但又憋着马上就笑出来的表情，"扑哧"一下把鸳鸯奶茶喷了出来。

"你怎么还射了啊。"李川说。

"你闭嘴吧，安薇还小呢。"新元说。

"哪方面啊？"

李川和新元朝安薇眨了眨眼睛，李川摸了摸安薇的头，她的脸上泛起一阵粉红的霞光。

三个人在没有论文任务的时候，就去街头乱逛。

安薇看到没尝试过的水果或者零食就会怂恿李川买，因为她知道李川对她的感情没有新元那般爱慕，这样比较没有压力。

"蒙奇奇给我买个青柿去。"

新元看着李川，李川说："要不新元你去吧。"

"别磨蹭了，李川你赶紧去。"

新元尴尬地笑着，只能不声不响地爱着安薇。

被安薇咬了一口的青柿摊在滚烫的路面上，滋滋地流出了糖来，"还是涩的吧"，旁边的猫打了个哈欠这样想着。

回宿舍的路上遇到了大雨。

新元说："蒙奇奇，你把衣服给安薇套上吧。"

李川把西服裹在了安薇身上，安薇看着不断降落的雨滴，希望永远都不要停。

"带你们回学校天台上看雨。"

"好！"新元和李川积极响应。

"听风过屋脊，坐空阶数雨"，安薇心里荡漾着这句诗。三个人就这样不知愁滋味地挥霍时光，去挥霍和去珍惜想来其实是同一件事情，安薇觉得自己好像被宠坏了。

4

大年初一夜里，大多数中国人正在爆竹声中欢度春节。

然而在香港某街头，却上演着这样一幕：在一场突如其来的骚乱中，新元在保护安薇和李川的时候被重物砸到，他们在混乱的街上发疯一样找救护车。看着虚弱的新元还在朝他们笑，安薇第一次萌生"后悔来香港"这样的想法。

她看着熟悉的店面，眼泪扑簌簌地大滴大滴地滚落。

李川摸了摸她的脸，新元又笑了。

终于挨到了救护车以急刹的形式停在他们三个身边，新元被人三下两下就抬到了车上，李川和安薇摇摇晃晃地坐在他身边。

新元拉着李川的手，李川哭着凑近了新元的脸。

他冲新元耳语了几句，就被医生拉开了。安薇慌张地看着新元，感觉很像电视剧里的桥段，这一切并不妙。

新元用力地点头，咬着牙，腮部的青筋都露出来了。

5

从那以后，李川像是得了失心疯，步伐变得胆怯与复杂。有时候他坐在院子里的椅子上一言不发，连雨都开始怜悯他，整整一个月都没有下过雨，就像逃避时显得无所适从。那是四月，本该是梅雨的季节。

听风过屋脊，坐空阶数雨，这原本是三个人的消遣。

交换生时期结束，安薇回到学校，短短两年的时间，像过了一辈子那么长。

音乐系是出校花校草的地方，虽然现在校花校草这个词早已过时，但也都是人中龙凤，安薇找到了约她演讲的系主任。

系主任说做完讲座就带安薇去看看那个著名歌手Cheney的校园演唱会，说这个歌手对学校格外有情结，因为有一首歌词，还是咱们的一个同学给他写信投稿，讲述了自己苦恋的故事，他想回来看看是不是有缘分能见到这个人。

在这个全国最躁动的大学，嘘声是电视台老炮才记得的叛逆味道。这个学校最神奇的就是所谓的叛逆精神。

每天早上在操场上疯狂重复"八百标兵奔北坡"的播音腔，扛着机器满学校拍姑娘的摄影系男生，满脑子都是新闻理想的未来记者……

在呼喊声和纸飞机中，这里有全世界最艰难的舞台。

不等你上场，全场观众整齐的嘘声就已经响起，像大合唱一般，歌手通常还没开口，全场就开始喊叫："下去，下去！"此起彼伏一刻不停，要的就是吓退一切表演者。

记得当时在校某歌手刚唱完，被广院学生一眼识破，换来漫天的嘘声和纸飞机。

当学生投掷的第三架纸飞机直撞到他胸口的时候，这位歌手当场朝台下爆发："我唱了十八年歌，没见过你们这么没素质的观众。"

见惯了大场面的观众们直接反击："我听了二十年歌，没见过像你唱得这么难听的歌手。"

歌手弃麦而去，舞台上是刺耳的电波声音。

安薇在后台感慨着对 Cheney 说："没事，他们都喜欢你。"

"但愿吧！"Cheney 摸着自己的卷发，咧嘴笑着。

安薇看着他柔和的卷发，恍惚中看到了李川的影子。

"我接下来给大家唱的这首歌，词的作者是李川。两年之前我收到他写给我的信：'送给一生中最爱的新元'。他贡献了半首歌词，他爱上了一个永远不可能的人，这个人是他的哥们儿……我国语不好，但愿我的这个故事你们能听懂。"

全场静默，时间似乎凝固了一般，这个号称最喧闹的礼堂，似乎被他的声音或者这个故事凝结成了一块琥珀。

那是一年前的重症监护室，新元知道李川的心情，对李川说，答应我好好对安薇，以后你们的孩子叫我干爹吧。咱们三个永远在一起。

西施与亚瑟王

1

吴国灭亡后，西施被发配边疆，与亲人永远隔离。有着倾国倾城容貌的女子，在边疆与羊群为伴。夜深时，她常常仰望画布一样蔚蓝的星空沉思。天空和海一样的辽阔，深邃，深蓝无边。两者都是对方倒过来的样子，从未真正纯净。

一直以来，她认为自己以倾城倾国之貌，洗辱国耻，她已经做好了无法侍奉越王的准备，但没想到竟是如此下场。身在吴国时，她最想做的事是回到越国，和家人团聚。现在想来，看似富贵荣华近在咫尺，但世间一切并不是"自以为"就可以。自己的一生注定连累家人，她懊恼

不已。此时的愿望已经仅仅是活下去，还好身边的孤儿侍
女一直跟随。

　　她越来越疲惫，在午后的阳光中感觉自己越发轻盈。
　　流落到欧洲，她只能在路边靠跳屐舞卖艺，再回到住
所，每天周而复始。
　　西施被这些有着金发碧眼奇异面孔的人，带着像流水
线生产出来一样的表情观察着，有些冷淡，有些机警，就
连打量的目光都是清浅的。西施这样一个外来者显得那么
直接而突兀。

　　<u>2</u>

　　亚瑟在他梦中见到的这位东方仙子生活在千年之前。
　　她身上总是带着悠远缥缈的东方清新。梅林告诉亚瑟
这就是神秘的东方力量。
　　亚瑟的梦越来越长，有时候睡到夕阳染红了天际。
　　"西施，西施。"
　　梅林问："你又梦见她了？"
　　"不是梦，就是真实的，你不是同我讲过西施身上确

211

实有神秘的东方力量吗？"

梅林低头沉默，看着亚瑟一副欲言又止的表情。

"只是她与你在梦中相见，对于她来说是福是祸，无从知晓。"

"我很想见到她。"

"如果想让她在她的世界里继续生活，你们还是不要见面，如果见面怕也是转瞬即逝，对她来说若要见到你，势必要以损伤自己为代价。"

亚瑟似懂非懂地点头，但又觉得命运之手一直在将两人拼命拉扯。

西施梦中也频繁梦见千年之后的君主殿下，她对身边的侍女说起自己的过往，是范郎将郑旦和她带回会稽，教习歌舞，准备献给吴王夫差。越王花了三年时间，教以歌舞、步履、礼仪等。

"你现在看到的我，并不是最真实的我，三年之前，我无非为了保住性命。谁知现在肩负国家重任无从逃脱，人的幸福到底有多少自己决定的成分呢？"

"世人皆如此，最美好的恐怕只能在梦里才能拥有。"

"你也相信？"

侍女点点头。

"我最近常常梦见金发碧眼的翩翩君子，他相貌与我们略有不同，也是身陷世俗，要拼得王位。"

侍女好奇地问："你们可有交流？"

"他说他喜欢我身上散发的东方韵味。近些日子连连梦见他，清晰到不像梦境。"

"有梦可念也是极好的啊。"

"梦里我送他东方的礼物，但是我实在是不记得了，只记得是一种饮品，他十分开心。"

西施之所以可以靠响屐舞为生，是因为当年吴王每日与西施玩水，西施水性不佳，只能在略浅的池中玩乐。西施擅长跳响屐舞，夫差又专门为她筑响屐廊，用数以百计的大缸，上铺木板，西施穿木屐起舞，裙系小铃，铃声和大缸的回响声，"铮铮嗒嗒"交织在一起，当年使夫差如醉如痴。

西施又梦见，在节奏悠扬的音乐声里，似乎勾画出了两个人在韵律之中对视的画面，她跳完一曲响屐舞就轻轻地对他说晚安，全世界晚安，你就是我的全世界。他只是微笑地看着她，融化所有的伤痕。

西施总是对侍女提起这个神秘的意中人，但常常欲言又止，越是深爱，越是不知如何开口。

3

临近比武拔出石中剑的日子，谁能拔出就是下一任国王。

亚瑟踌躇满志，但武艺在众多竞选者中实在平平。

梅林说："你一定要有他们无法拥有的东西，比如神秘的东方能量，并且加以利用，想想那位东方仙子可以帮你什么？"

"她与我也只是梦里相见。"

"我夜观天象，已经计算出拔出石中剑的前夜有雷暴雨，我会潜入你的梦里，请求她的帮助。"

"她会毫发无损吗？"

梅林没有作声。

亚瑟在很久之前就对下雨天敏感，但是无法做到像梅林一样可以对自然现象加以利用。他觉得，雨建立了一种连续的、具体的联系，绵延不绝。丰富的想象力可以追随物质抵达云层背后，只要意念力足够强悍就可以动摇远古的黑暗力量，它给冥想具体的暗示，给神秘主义足够的借口，雨抹杀了时间与空间的距离感，让人足以到达遥远之地。

她像静静肃立在早春的凌波仙子，人如其歌，素洁优雅，纯净不掺杂质的氧气，让你跟随她舞出的音符纵情呼吸。东方仙子。他默默定义。

他像见到久违的熟悉的恋人，上前亲吻，拥抱之时她却已经消失。

拔剑的午后，也许没有什么特别之处。然而对于他，一种神圣的悸动突如其来，此刻的世界，石中剑就成了他的：一束巨大的光芒从苍穹缝隙里照下来，偏偏就是要穿透身体。穿透时，他感到强烈而细密的震颤无法停息，看到了西施清晰的轮廓向他靠近，双手同他一起握住了石中剑，将剑从磐石中拔出，而西施在剑拔出的瞬间受到了反噬，逐渐消散。

那短短的几十秒似乎是他在世上最肃静和窒息的一段光阴。四周万人围观的肃静尤其令人眩晕，连头顶的云层也晕晕地荡开，忽然，强有力的阳光英雄凯旋般覆盖大地的一瞬间，是如此金光通透又静美无声。他握住石中剑默不作声。

但是一种奇妙的情感在他心中暗自生长，躲在背阴的部分，一旦拱上台面就要矢口否认的本能，不能被分享，不能被评价，只能在自己狭窄的心房生长。见不到阳光的畸形植株，带着瑰丽而伤感的姿态静静生长。

4

"他真是没什么好的，每天从早到晚地会见各国王子，长相轮廓很是深刻，在我眼中不算好看，但是随着时日增多，我越看越欢喜。他不埋怨我把时间都用来唱歌跳舞读书赏花，他也不嫌弃我二十岁有余，因为他比我还要年长。我们不再讨论从哪里来到哪里去，日复一日的宫廷生活自有乐趣。从相识到现在，我们就只在有英仙座流星雨的日子里在空中花园浪漫过一次，可也觉得够了，那里的夜晚冰凉如水，我们都没想再去一次。"西施从那个梦境开始就逐渐魂不守舍，经常自言自语。侍女默不作声，原来即使穿越千年的梦境也只是助人称王，无有陪伴。她想到了梅林对她在梦中说过的话，拔剑的瞬间，或许就可以真正相遇。

此时的风声恰如梦中那天，却再也没有梅林和亚瑟进入她梦中的视线。意中之人一如传说，他们再也不会回来。

得 到 你 的

第 一 百 种 方 式

_____

chapter · 0 6

"想带你去海边。"也说了无数次，我小心翼翼又认真地说着，但是你只是听听而已。为什么那么喜欢海？你问我好几次，好像局外人。我只是找个理由想和你一起。这句话我始终没能说出口。

夏至还乡

虽然平时加班没有加班费，但外企的年假还是很长的。这也是我为什么留在这个公司的原因。不仅仅因为它是全球性的传播集团，也因为这个诱人的年假。任何好的坏的，只要歇一个长假，都像电脑重启一样快捷。公司放了半个月的年假，我去大理待了几天，又回了老家，忽觉好久没有回到 Y 城，意识和目的同样缥缈的我决定回去看看。

毕业那年的散伙饭我去吃了，酒也喝了一点儿。当时大家都是 Y 城里唯一的重点院校的同班同学，我在年级里平时成绩排进前 10，但是高考的时候不甚理想，排到了20 名，勉强上了首都的一所普通大学。大家大多是独生子女，并未产生太多离愁。手机和网络在当时已经开始发达了，我们可以随时找到对方，但是总是无数次地翻看同学录，从未拨通过上面的任何一个电话。

这十几年间，大多数同学我一面都没再见过。大家建了微信群，除了别人主动加我，我没有添加过其他人，不知道自己在纠结什么。

毕业后我没有参加过任何高中同学聚会，他们起先会在人人网和微博上面找我，再后来其他人也不再聚了。有同学打电话问我怎么没出现，我就说很忙，心里隐约地觉得自己这样做有点过分，但是又觉得无所谓。

我只是不知道该怎么办。就这样，十几年过去了。有热心同学组织"02级聚会"，我竟然一反常态很热切地想去参加。在聚会的前一天，组织者——当时的班草给我打电话，接通之后他的第一句话是"大明星"。电话结束时，他匆匆又跟我说了一声"你太忙了，大家都很想你，到时候见"。

在家里，妈妈会带着我去姑姑和姨家探望，她一直认为我很受欢迎，去亲戚家之前还要帮我选衣服，告诉我穿什么好看，穿什么难看。

糟糕的事情就是我的胃已经不能像之前高中时候那样能吃辣，已经承受不起家乡的口味，吃辣居然能让我持续性腹泻。家人也习惯我一边抱着电脑回复邮件一边冲进洗手间。

要知道之前在大学食堂里怎样糟糕的卫生环境都不会让我腹泻。

高中的同学们有一半都留在了 Y 城，擅长组织活动的班草确认我回来之后就把我加入了同学的微信群，他热情地发我当年留给他贴在同学录上的影楼照片，青涩如我当年，身穿运动服，单手拿着球拍，凝视远方。照片中还有很多人，当时大家都是在 Y 城唯一的影楼拍摄的，表情呆滞的程度如出一辙。

看到了一个熟悉的人，顿觉时间凝滞。那人就是给我打电话的班草。

他的女儿讨厌我，不单是被抱着的时候，连余光瞥到我的时候都会哭，想哄她一下的心境都变得苍凉。

她出生不到一年，正是好玩的时候。不笑的时候像妈妈，笑的时候不幸很像爸爸，被剃了手感很好的光头。

他带我去 Y 城学区转，问我这几年家乡变化大吗，我说很大，当时吃的炸鸡店都不见了。当我们误打误撞来到原来的店址问服务员有没有鸡的时候，服务员竟然说："我就是。"吓得我们赶紧逃跑。

他说只有买了这边的房子才能上学，我们站在门口看那些学生，确实清一色的校服，比我们当年只有周一穿校服正规多了。想起那个时候的冬天，晚自习下课后走出校园，走在路灯下，抬头望天上飘下来的雪花都是金色的。不知道为何，我觉得现在的学生不会抬头向上看。

他说，这里的学生都很乖，比我们当年要乖，他们不会翘课，最多只是玩手机，清秀得一身正气。孩子以后一定要来这里上学，考大学。

我看着不算太成熟的他已经开始规划女儿的未来，看着他像观察一个正经的成年人，觉得我们的父辈正从我们的身上长出来。

他说他老了以后不想拖累儿女，他爸妈也是这样。"几个老朋友合伙，自建一套大房子，一间打游戏，一间想干啥就干啥，及时行乐；医疗饮食俱全，配备护理人员。Y城虽然不比北京上海，但是生活舒适度是你们没办法想象的，我在网上看到广告行业加班累死人呢。"

"对，我们大厦常有。"我笑着说。

班草组的同学局如期举行，竟然没有一个人迟到，比上课还要准时，当时的几个淘气的男生依然坐在同一排。他们上课的时候总是喜欢打趣老师，由于我个子比较高，当时被安排的座位也是在他们旁边。上课的时候没少被打扰。

当时我甚至叫家长来找班主任要调换座位，老师找他们谈了一次话，后来就安静了一阵子。高考之前他们集体请假，莉莉老师当时找到了他们的家长。

"怎么不来上课了？"

同样的问句得到的回答都是"身体不好，想在家休养"。但是高考前各个科目老师都会带头复习重点内容，这段时间不来真是亏大了，我对同桌说。

"不来更好，我发现他们一旦不在，我就神清气爽。"她眼里流露出高考志在必得的窃喜。

后来考试安排座位，全员到齐。我又看到了闹腾四人组。

他们各个生龙活虎一点儿都不像大病初愈的样子。

"你们这是好了吗？在家复习得怎么样？"

"特别好，真的一边玩一边复习，效率可比你们高多了。"

"那是那是。"其他三个人一起附和着。

我的同桌瞥了他们一眼，赶紧拉着我走开。她一直对这几个人恨之入骨，认为无法集中精力学习就是他们造成的，如果高考不理想，肯定不是因为最后没复习好，而是因为在他们的干扰下没有学扎实。

在她眼中，闹腾四人组连呼吸都是错的。

我在丰盛的酒菜桌上除了回忆早已没有任何共同语言，有个同学说："这么单纯的聚会，单纯到令我受不了。"没有利益关系、谈不上多么深刻的友情、同学间谈过恋爱的也都成了家，像八点档的电视剧一样美好，当时班风森严连八卦都很少。

"莉莉老师怎么没来？"我忽然发觉班主任没到，便脱口而出。

"哈哈，果然你第一个问她，看来之前被她骂过的人都记仇了啊？"闹腾四人组之一张冲一边说一边大笑着。

"莉莉老师的老公病重，她虽然不是每天陪床，但是估计她状态很差，也就算了。"

大家沉默了几秒钟之后，又开始热闹了起来，只要是当过学生可能都有一种相同的心情，就是老师不在的时候总是更自由一些。

"你们当时生的什么病啊？"我的高中同桌又提起了旧话题，似乎过了十几年她对他们的反感依然不减当年。

"其实都没生病，男生的自制力你知道的，很差。我们几个在一起就会吵翻天，就商量着回家复习了。"

我的同桌不再讲话。

其中的小伍对我的同桌说："你的青年旅社开得不错啊。我还住过呢，当时你不在，我就随便考察一下。当时的我啊，进去20分钟就决定退房，心想我进来20分钟了那算钟点房给我退吧，结果也一分钱都不退给我。20分钟210元，或者210元一晚上的煎熬，我选择了前者。牙刷也要自己带啊，低碳环保。没带，你们也卖。挣钱的时候就不讲究什么低碳了。"

"所以说现阶段打着青年文化的消费都是骗人的，"班草接着话头说道，"还是中年消费比较实惠，去洗浴中心啊，泡澡、桑拿、休闲、交友。"

"所以啊，去他的二十岁，去他的摇滚原创，多少二货在音乐节上摇头晃脑，多少号称独立的设计师在植物园搞姑娘，没有摇滚乐很多人都不会死，很多人不会精神错乱。"

闹腾四人组里的小海还是像当时一样热血，他对我说，《老炮儿》就是中文版的热血高校。小海一边说着，脸上的疤痕随着他的表情起伏不定。这个疤痕我还记得是源自晚自习的那一次打架。

当时的小海还是一个清秀的少年，刚上高一的时候还和我同桌。我和他都喜欢上课的时候看小说，老师也喜欢在窗户后观察学生们的上课情况。有一次，我和他在数学课上看小说。

当我明显察觉有一个欲进不得、欲罢不能的气场接近的时候，就用手捅了捅他的腿，我们火速将书藏到了桌子底下。不料数学老师一声大吼："拿出来！"

我和他都迟迟不敢交出，着实体会到什么是度秒如年。没过几秒，前桌的玲子慢慢地回过头来，手臂缓缓抬起穿过我们，向老师毕恭毕敬地交上了一本漫画。

我和他禁不住大笑起来，这完全是青少年的无意识笑场，绝无幸灾乐祸之意味。

玲子的脸在 0.01 秒之内变成了猪肝色。

晚上小海就被玲子打了，第二天脸肿着来上学。后来玲子就转了学。因为班草去转告了校长，玲子被通报批评后就再也没出现过。

留在 Y 城的人以班草为首，几乎都成家了。想到当年每次他惹我生气，放学回家之后，他都会打一个电话给我。而现在呢，就算你请求别人原谅，别人却不一定是真的原谅。班草看着我说，你的皮肤啊，真是比当年好多了！

当时高考还剩 100 天的时候，我的压力开始越来越大，例假周期不稳定，脸上都是红红的痘痘，班草常开我玩笑，一天放学后他问我，你看过宫崎骏吗？

"放屁，我当然看过了。"

"所有的漫画你都看过吗？"

"你要干吗？"

"里面的龙猫，日文发音就是你的写照。"

"是什么？"

"豆豆龙。"

我唯一的一句争吵后主动对他说的话是："你以后说话注意点。"

我明白自己可以对他随意地讽刺，却无法忍受任何他对我的调侃。他高考失利之后就留级了。

他给我打了电话说："现在好了，你可以很长时间，甚至永远也不用听到我的声音了，我也不会在谈论你的时候，语气出现一丝波澜。也许以后指着旧照片看到你'那个是我的同学啊'，仅此而已。我会忘了你。以后大学哄你的人多了，你擦亮眼睛。"

大一的时候，还会收到他写给我的信：

"一切都已经只能这样了，我没想过自己要复读，妈妈去世之后确实影响了我很多，姐姐没有考大学，父亲把所有期望都寄托在我的身上，当时我不是故意要惹你生气的，看你每天太压抑沉重，而且我当时实在是看不上你同桌啊，想让你们保持距离。

"冬天来了，Y城下雪了，还记得当时晚自习放学，只要是下雪天，我们都会往天上看，不知道要看什么，就是喜欢看大片大片的雪花从天而降，想象着第二天晴空万里。

"身边的暖气以及日渐萧瑟的路，飘着雪花的金色天空，一切都在不动声色地被改写。我身边复读的人不多，有些后悔了，何必纠结一类本科，跟你一样读个差不多的就好了。"

当时的我在英语系读大一，蔡健雅刚发了新专辑，周杰伦刚和侯佩岑在一起。

那些日子，这一长串的时光都还好，没有大喜，没有大悲，也没有什么期待的情节，一切按部就班，像季节性出现的河流。有其他系的男生追求，但是我实在无法忍受南方的口音，也无法快速地适应任何联谊活动。

若你碰到他，替我问候他。分开之后的又一个四季，分开之前的最后一场雨水。就这样吧，若你碰到他。说实话，当时的我还是不能释怀，倒不是真的心里还有所谓的执念，时间已经死无对证，怎么说来都是徒增几分对过往的亏欠。若你碰到他。这样的话我该怎么对他开口。

看着年近三十岁的班草，我后来没有追问他为什么还会回到 Y 城，在我眼中的追问，似乎是表示对他现状的不满，但这毕竟是他自己的人生，跟我没有关系了。

而班草吃饭时候握着的是我同桌的手。班草没跟我说过，我自然也不知道了，她在他曾经写给我的信中一直是一个恶人呢。

我们喝着东北特有的烧酒，吃着和毕业散伙饭的时候一样的标配，说说笑笑像当年一样开心。

看着班草有些微隆的小腹，他还关切地时不时替我挡酒。

同桌勉强挤出微笑打趣说："打算什么时候找男朋友？"

"管你啥事啊。"班草笑着说。

同桌白眼一翻就不再理会他了。

大一和班草偶尔在网络联系的那些时间我都还记得，就像我会记得大部分有过交集的人一样，就像所有人一样。但那无非也就是几件大事而已，某年某月在某家店吃了什么东西，某年某月在什么地方坐着发呆，而那时候吃了什么，那时候的目光聚焦在哪一片落霞，却都不清楚了。

那些记忆由普普通通的存在，慢慢地把我的心一点点填满，这些温暖的事情如今依旧温暖明亮，一如清晨遇见的一面落地窗。

时间也和季节一样，慢慢地流走，无非快慢，也不再有汹涌或者低缓，成了没有高潮的调子。谁手里一个无关紧要的音符，最后的最后，也都散失干净了。

聚会结束之后，微信群里面比往日热闹了，都是晒照片的，或者是给孩子点赞，或者是推荐亲戚的店铺（实际上是自己的）。我不再反感了，这本来就是生活该有的样子。

我的脆弱坚强 互相作战
理性与感性 失去平衡感
不想让自己 活在过去的遗憾
问宇宙 他是否还爱我吗
这问题 早就有答案

爱 没有绝对 虽曾经以为
我终于体会 爱不能倒退
该让它颓废 收起心碎

若你碰到了 替我问候他

告诉他 我过得很美满

已忘记他 已把泪水全部擦干

若你碰到了 替我问候他

不再等待

就这样吧

若你碰到他

摇摇晃晃的夏天

"在一起多久了？"

镇上的警察例行公事从第一个问题开始问起。

其实档案里写得明明白白。二十年前在村口垃圾处理厂里遇见她，她穿着蓝白的上衣，瘦瘦的胳膊空荡荡地在衣袖中晃荡。她看到王盛就一下子扑上来，抱住他的大腿，嘴里也不知道支支吾吾在说些啥，王盛掏出了刚给病快快的父母买的馒头递给她，看她狼吞虎咽得费劲，王盛就跑了，一会儿给她买了瓶水，小卖部的老板娘纳闷地问，这是要干啥，怎么还买起瓶装水了，这一箱水在这穷乡僻壤的，一年能卖出去就不错了，偶尔可以卖给远方来探亲的人，而很多来的人再也没有来第二次。

"怎么生活在一起了？"

王盛回忆起来，她当时的手一直到夕阳落下都没有松开，馒头和水都三下两下吃完。

"后来我就带她回家了。"

王盛带着她回到村里，她平时疯疯傻傻，但是在家里见到父母就安分起来，老板娘在村口嗑着瓜子跟人家说："当天啊，我都看见了，还在我这买高级瓶装水呢。"

"得了吧，你那水咋高级了，假的吧。"

"去你的吧，真的假的你都没喝过是不？"老板娘嘴上真是一点亏都吃不得。

王盛看她老实，就收留了下来，有时候她光着屁股去绿油油的稻田里屙屎，村里半大小子看着笑也从来不说去喊王盛。老板娘看到就赶紧去喊他，王盛直接脱了上衣光着膀子把衣服给她盖上说："怎么还把衣服脱了呀你。"

她这才羞红了脸，白净清秀，头发干枯打着结。

半大小子喊："王盛你老婆真白。"

王盛恼羞成怒地骂道："比你他娘的脸白。"

老板娘有时候进货就跟王盛说："她要是有空就来我这儿帮忙，我也能帮你照看她。"

王盛对老板娘有些不好意思，她虽说是这几百个人的村子里消息最灵通的，但是有时候对她也是有几分怕的。这种人你分不清她是好人还是坏人，她在你急的时候总能雪中送炭，但是在意外的情况下又往往会雪上加霜。

"举报人是实名举报，说你犯了强奸罪。"

"我知道是刘樱，她从一开始就知道，自打我见到疯婆娘的第一天起。"

"你跟举报人之间什么关系？"

"就是村民，刘樱人平时挺热情。"

"你们感情上有啥关系没？"

"之前倒是有人给我俩撮合，但是我早就决定跟我那病了的父母一直生活了，多一个人就多份累赘，不想让女人家干活。"

王盛回忆起，从见到疯婆娘和跟刘樱说清楚那时隔了不到一个月的时间。

刘樱丈夫去世之后，一个人打理村里唯一一家小商店，由于眼观六路耳听八方，她眼界也逐渐高了起来。苦于胸有江河湖海却只能囿于这沟壑里，面对村里几百号人，也只有王盛看得过眼。王盛身上又有一种拒人千里的气质，让她好生迷恋了一阵子。王盛拒绝她之后，她总是觉得胸口中压着个什么，闷闷的，喘不上气。这只有一个人的爱情，被她自己在意念中演绎得风生水起，不断地寻找能在一起的机会。

派出所外一阵急促的敲门声，警察出去之后见到了满脸是泪的刘樱。

"对不住啊，是我误会了。你们别查了。"

"你这是妨碍公务，扰乱社会秩序……"刘樱脑子里"嗡"的一下，像千万只马蜂迎面扑来，眼前一花，觉得自己应该是要坐牢了。

不出所料，她果然还是蹲进去几天。

王盛时不时来探望她，眼神就像什么都没发生过。

刘樱也渐渐地感受到爱情的悲剧并不是生离死别，也不是两个人感觉到哪一方先不爱了，而是面对一个你曾经深爱的不见到他就要窒息的人，从此看不到他也无所谓，这才是真正的痛苦。爱情的悲剧就是冷漠。刘樱清楚，自己的心凉了。

过了不到一年，王盛的孩子出生了，自然是和疯婆娘生的。说来也算奇迹，这孩子聪慧可人，用刘樱的话说，这智商比王家人的智商加起来都高，看人就笑，疯婆娘天天跟着孩子屁股后面跑，生怕被谁欺负了，看到鸡鸭鹅都要赶走帮孩子开路。

有时候孩子摔倒了，疯婆娘把孩子扶起来之后号啕大哭，咧着个嘴不肯闭上。半大小子们看到就过来扶。王盛老远看到没啥大事儿就继续闷头干农活。

警察没有停止询问。

"孩子后来怎么送人了？"

"小宝儿太乖，我们这条件确实没法养他出息，也没钱供他上大学，只上九年义务教育对他来说太少。"

"于是你们就给了李家？"

"是，我们跟李家商量好，咋也不能说出口。当时我跟那些村里的长辈们也都通了气儿，一直到孩子走出去。"

警察陷入了沉默，眼角晶莹透亮。

这个秘密像收割的老玉米，颗颗坚硬如沙粒，在漆黑的稻草棚里一直堆砌着无人过问。

只是疯婆娘时而想起时而忘记，看到两岁的孩子就跟在屁股后面不肯离去。

小宝上了大学，学习成绩好，还跳了两级，到市里的大学报到。

虽说李家环境比其他村民家好，但毕竟是一个镇子，经济水平不会相差太远。头一次出门，父母看电视剧里都包着泡面，就也给小宝买了几盒，还有牛奶。

硬座车厢里的人闻到有人在吃泡面，味道离窗户不远。泡面的味道里有一种情愫，包含了学生时期的贫穷以及毕业之后的堕落，省里年轻人坐车都不吃泡面了。大家在充斥着防腐剂和无聊的咸味中，纷纷议论。

忽然的羞辱让小宝愤怒。那些人的眼神好像在说"你已经是一个成年人了，你凭什么吃泡面？"

"你们知道吗，B村有个孩子很小就上学，十六岁就考上大学了。"

"听说了，说那孩子是捡来的。"

"是啊，说他妈是个疯子。"

小宝顿时觉得泡面蒸腾出来的热气辣得刺眼，脸也瞬间就涨红了，不知道这是不是第一次吃泡面的副作用。他一口气全灌下，连同泡面的料渣都灌到肚子里。

吃完就在车上到处找垃圾箱。

其实他早已知道谁是自己的亲妈。

小宝每次放假都给两个妈妈带很多礼物。给疯疯癫癫的妈妈带得更多一些，有碎花裙，有三至五岁的儿童读物，也有大学宿舍里舍友给他的家乡特产。他依旧是那个朴实的男孩，面对着村民难免有些害羞。他是村里少有的大学生。很多大学生一旦出去就没有归来，反倒是父母随着他们进行短暂的城市游，不多时日之后再风风光光地回来，继续过平静的农村生活。

日子渐渐过去，疯疯癫癫的妈妈越发平静，也不再光着身子在外面跑了。她不厌其烦地翻着儿童读物，慢慢懂得了害羞和亲情。只要和王盛的父母去镇上，就紧紧地拉着二老的手，攥得一手心的汗。

王盛跟人说媳妇的精神好多了。他说的时候带着笑意。

他们之间似乎流淌着一种萦绕在屋梁上的淡淡的清香，像去年的玉米棒子，五月的山楂。他们爱着这个偶尔风言风语但又无法割舍的地方，总是保存着一种尚未完全消逝的淡香。

要求太多饭馆

1

我常来这家居酒屋吃饭，厨娘是个经常说故事的人。广告公司总是加班到深夜，她们家人少，营业时间风雨无阻。

每次加班完成方案或者活动结束，都习惯去她家填饱肚子。

毕竟胃饱了，心才能感觉到满，不然总是有种行尸走肉的感觉。

下雨天，我习惯性地从来不撑伞，头发湿漉漉地进了店里。阳子看到我热情地招呼。和往常一样，店里不会超过 5 个客人。我习惯这种陌生人的安全感。

店里的食物其实很普通：煎鸡蛋卷、茶泡饭、烤鱼、

239

拉面、炒面、拌饭；难得的西式餐饮也不过就是土豆沙拉和鸡蛋三明治；最豪华的盛宴是烤帝王蟹，也有单独的食客会点。我对于单独一个人点帝王蟹的人，总是心生敬畏。这是一种何其强大的内心，可以一个人消化掉覆盖宇宙的寂寞硬壳。

"你今天又加班了吧？"

"是啊，活动总是很多。"我一边回答阳子，一边穿过客人坐到离阳子最近的地方，不小心碰到了一个身穿纯白雪纺又露肩的女子，头发上的水滴不偏不倚地滴到了她的胸口上。好深的事业线，我在心里感慨道。她眼神凌厉地看着我，我赶紧脱口而出："sorry。"她的表情并没有原谅我的意思，向前重重地挪了挪椅子。

阳子赶紧说："我给你做你爱吃的猪扒饭吧。"

2

当我落座不久，露肩的女子就走了。

舒了一口气。

利落的阳子就去她的桌子上收拾，几个小盘子都稳稳地拿在了手里，一边走一边说："居然爱吃烧鱼卵，啧啧，你看看，还剩一条。"我用余光一扫，很像长了血管的胡萝卜。

"什么味道呢？"

"口感其实很像猪肝。你要吃的话，我用盐重新给你煎一条。"

"不必了。"

"很少有女孩子喜欢吃这个的。之前啊，她总是带一个男生来，男生吃这个，她起先是看着，后来就开始和他一起吃，记得当时她努力吃的时候，还会先点一瓶波子汽水。当时总是看她吃一小口烧鱼卵，又喝一口波子汽水，男生就是一直闷头吃，也不会留意她。两人会点一个玉子烧，两个烧鱼卵，一瓶波子汽水，通常是女生喝一半男生喝一半。"

"这些你都记得啊？"我诧异地问她。

"这是我的习惯，也是我擅长的部分，我喜欢观察别人，看到她们的变化，但是不想改变她们。那个爱吃烧鱼卵的女孩明显就是和男生闹别扭了，但是一肚子的怨气不知道如何发泄。你刚才碰了她，可把我吓坏了。"

"怎么？怕我和她打起来吗？"

"当然了，女人在这段时间的脾气是最差的。"

"大姨妈？"

"一看你就没有情感经历，就是失恋啊，脾气喜怒无常。"

"你连她失恋都能看出来了？"

"她已经连续来了好几天了，每次都闷闷的，穿着同样的衣服，我让服务生给她送餐都要小心翼翼。"

不一会从后厨走出来一个干净帅气的小伙子为我倒上温热的绿茶。

直挺挺的鼻子，笔直的身形。

我不由自主地盯着他看了几眼，细腻的阳子一眼就看出我眼神的走向。

"他下了班会过来帮我一会。"

"他看起来很年轻呀。"

"对啊，很活泼可爱。"

"看起来都不怎么说话，感觉很内向。"

"那是因为跟你不熟，慢慢就熟了啊。"阳子自信地看着我，细长的眼线，粉红的脸颊，珊瑚红色的口红。阳子和我一样是外企白领，由于非常爱吃，从上高中开始把殳俏当作女性标杆，于是今年当上自由撰稿人之后就果断辞职，开设了这家中国系的深夜食堂。

"亲爱的，你把明天要用的茶放在锅子旁边吧，这样方便我寻找。"阳子的声音很响，比我讲话的声音大很多，小餐馆里几个食客都能听得见。

这就是秀恩爱。

我吃完之后，他把餐盘收掉，对我温和地笑着。阳子的手忽然抓住了他的手。他害羞地笑了起来。

阳子对我说，他叫方圆。

3

过了几天，白衣女子又出现了，很巧合也是下雨天。不过还好，我早早地就坐在了最里面的位置。今天的她状态明显比之前好了很多，之前不修边幅，今天还化了妆，也是粉红色的脸颊，花朵般娇艳的唇瓣，仔细看，和阳子略有相似。或许是今年尤其流行这样的妆。阳子看到她之后，热情地过来寒暄："呀，你今天可真漂亮，状态不错，给你加个菜！"

女子开心地笑着眯起了眼睛。

没过多久，阳子的男友走进了餐馆，阳子热情地大

243

喊："哈尼，我可想死你了！"声音比上次的高分贝更高了许多，甚至我的烤三文鱼头都能够听见。

白衣女子的眼神同时被方圆走进来的脚步声吸引。当她的眼神落在方圆身上，并迟疑了几秒钟之后，整个人突然像一头发怒的豹子，冲上前去狠狠的一巴掌落在了方圆白净的脸上，清脆洗脑的声音，似乎唤醒了所有在场的食客。

阳子这才愣了一下，回过神来发现是自己不好。仿佛是一个精心策划的棋局被临时闯入的支着儿者打乱，再无翻盘的余地和可能。众多围观的群众也只能瞪大眼睛心惊肉跳地做一个目击者，不想扯上半点关系。

我匆匆吃完就离开了餐馆，不想让阳子难堪。在这场关系中，最难堪的是阳子。

4

过了一个多月，在我认为事情该平息的时候又去了一次。

阳子极其少见的素颜，眼睛也平淡无光。

"你说爱情有答案吗？那么多情感专家都是吃什么长

成的情感专家呢？"阳子率先打开了话题。

"因为人本来就是不一样的，所以每段爱情也不可能一样，影响其发展的原因各不相同，进程也各不相同。所以任何建议基本只能供参考，不能照搬。"

"可是为什么我会喜欢上别人喜欢的人，尤其是热恋中的人，我喜欢跟幸福的女生去抢，抢完之后，我会觉得我才能够幸福。"

"轰轰烈烈不如平静。总有一天，你会不再需要脚踩筋斗云、身披彩虹的绚烂爱情，想要的只是一个不会离开的人。天冷时，他会给你披一件外套；难过时，他会给你一个拥抱；胃疼时，他会给你一杯热水。平实绵密的内心物质给了你笃定，反复折磨我们的伤痛终将随时间的流逝被温柔治愈。"我说。

"哈哈，你这是从哪儿背的话？"

"这种话市面上的畅销书中一堆一堆的，整本书读下来都是这些话。"

"我当时是从那个女孩那儿抢来的方圆，当时他们俩总是一起来我这里吃饭。我当时看到这个男孩就想，他如果是我的男朋友该有多好。他们每次来我都会幻想，后来有一次餐厅招临时服务员，万万没想到他居然就来了。后来才知道他也喜欢我，你知道那种感觉吗？两情相悦才是世间最美好的事。"

"我认为你会很快恢复的，就像之前的每段恋爱一样。"

"颓丧的感觉，每次都会一蹶不振。现在想想，之前之所以能扛过去，也是因为那是过去式了，回忆起来再痛苦都过去了。人生中遭遇的恋爱啊，无论何时都不要想着是最后一次，而应该是倒数第二次。"

说起来总是很轻松。后来阳子就住院了。

5

饭馆从她住院那天开始就一直关闭着。

偶尔路过的时候，我总会摸摸习惯加班但是不习惯在公司吃饭的胃。掏出手机给阳子发了短信，她说她好了很多，很想念我。

见到了阳子，她虽然没有化妆，但是容光焕发，一桌子的水果和鲜花，还是能看出来这是个格外得宠的女孩。

"哈哈，好看吗，都是我自己在网上买的，吃不完可以给病友和常来玩的小朋友们吃，我还是那么喜欢看别人吃东西。好久没回店里，还是挺想念你们的，不知道你们路过我的店的时候有没有想我呀。"

阳子的状态确实和之前不同了，从前的她几乎是不会跟我如此表露心思的。当时的她无论怎么亲切，在我这个资深广告人的眼中，其实也只是"因为职业而表现"，因为她看了无数遍的深夜食堂，包括店内的设计也是山寨掉了一层皮。

阳子拿起了塑料盒里的草莓，跟我说："吃吧，奶油草莓，你肯定喜欢。"

"想起了败犬女王里面的卢卡斯和单无双，就是女王和小草莓。"

"讨厌，你怎么哪壶不开提哪壶。"

"我只是意识流露出来了。"

"我现在不需要了，所以我喜欢把草莓送给别人，太新鲜的东西碰的时候一定要小心。"

"小花，你吃不吃草莓？"阳子望着在门口停留的小女孩。

"她叫小花，特别可爱。父亲病了，她就和妈妈一起过来陪爸爸，很乖，总来找我玩。"

"小花，快回病房，你的妈妈叫你呢。"

只见一个白衣的护士拍着小花的肩膀，一脸熟识，她不是陌生人，是常去阳子店里，最终以一个巴掌结束剧情的白衣女子。

她看着我笑了笑，也跟阳子点了一下头。

"很巧吧，她之前是我的护士，很平静的人。你知道吗，我幻想过很多情节，比如给我注射空气，比如将口服药换成安眠药。没想到她每一针都很温柔，像一切都没发生过。但是那些针像扎在我的心里，我就当是一种赎罪。"

"你不用这么愧疚，你没有做错什么，有你这样觉悟的人也太少了。"

我不知道她放弃方圆的缘由是什么，从前的谈笑中她也对此应答自如，看不出任何的不自然。至于悄无声息地结束这段她很重视的感情，似乎也是恰如其分。只是每个人的心里都昭然若揭，都对这样的苦恋有所了然，但是依旧对那个人闭口不提，那似乎是一种敬畏，一种一旦被曝晒在日光之下就迅速瓦解的菌类植物。然而不管如何的诡秘，依旧是真菌，等不到开花结果的时日。

看到阳子和白衣女子安好，我也逐渐平静，放下了所有担忧。

阳子依旧每天清晨早早起床化妆，翻看最新的杂志。我总是感慨她是纸媒的守护神，无论如何被边缘化，她一直能坚持阅读和购买。秋去冬来，我不想再进她的餐馆，无论加班到多晚。

我路过餐馆，在薄薄的雪地上留下独自徘徊的脚印，积了一点雪而微微下沉的帽檐，它似乎从来没有做错什么，善良地配合着每一个人，来给自己的生存加分。

很多年之后，我们也会出现细纹，我们也不再如同记忆中一样完整，就像失去清朗的釉色。我们会忘记曾经每次必点的饭菜，那些音律和气息消失在某个冬天的早晨，化成窗上一小片水汽。我们会坚信自己的成功或者失败，不再注意后人的看法，如同浩瀚星海中偶然熄灭的一点光，那片天空的夜色才显得特别浓重。

6

推开窗户，淡淡的清凉气息闯入。

我看着身边的方圆，贪心地嗅着这繁华浮躁的城市难得的宁静气息。

一股清泉流入骨髓的凉彻。

这般味道，好似我昔日在医院等待阳子的清晨。

又或是大雨过后北京的初晨。

我们被这突如其来的熟悉感动。

在这清净的晨光中，一起去闻那夏日树叶的清新。

最佳男友

1

　　秋子从小到大的梦想就是当一个跨国企业的老板，在日复一日无尽的加班过之后，终于顶着疲惫的双眼熬出头来。凌晨邮箱里"叮"的一声，面对工作叉手立办的她赶紧打开了黑莓手机，一封升职英文邮件在黑暗中格外闪亮。白光在黑暗中形成了发光的区域把她和黑夜隔开。

　　秋子被任命为集团中国区副总裁，也是史上第一位32 岁就成为副总裁的年轻女性。有人从底层熬到上层，花上几十年的时间；有的人从默默无闻到一夜成名，也只是靠一年极为突出的业绩。秋子从床上鱼跃而起，大声地喊："妈妈，我现在是副总裁了，快叫我秋副总吧。"

秋子妈妈从卧室里睡眼惺忪地走出来说："要不要吃点宵夜，别再介意卡路里，你呀最近太消耗，又没有男朋友照顾，多亏在我身边……"

"够了！别再说了，我都这么成功了还要什么男朋友。"

"成功就可以不要男朋友吗？你赶紧嫁人，我也好继续规划自己的人生。"

三年前秋子的父亲去世后，妈妈就一直独身一人，秋子加班回来的深夜总是能看到母亲对着社交网络聊天，有时笑靥如花，有时双眉紧蹙。一定是爱情要来了，秋子每次都这么肯定。

次日秋子下班之后，走过街区便利店卖关东煮的摊位，各式各样的食物在汩汩涌出的汤汁里像复活一般不安分。

"这都是同样的味道啊。"一个老头对老太太说。

"但是食物入口的口感不同啊。"

"你爱吃就天天来吃。"

"我们年轻的时候都没吃过这些，看看现在很多年轻人都爱吃。"

"是啊，就像这汤汁里的食物，慢慢炖，等汤汁入味，所有食物味道也就几乎一模一样了。人跟人也是相互影响的啊。"

秋子听着就笑了，也买了一份坐在他们的旁边。

老头和老太太吃完起身准备离开，老太太走在前边，手向后伸，见老头没有马上拉住，立马噘起了嘴娇嗔地瞪了老头一眼，老头赶紧拉住老太太的手，宠溺地看着她笑。两个人拉着手，慢慢走出了店。秋子看着他们太开心以至于希望时间能慢一点。

她忽然觉得自己在鳞次栉比超繁华的都市，即使拥有人人羡慕的高位，却深陷一种没有一处容身之所的失落，如今自己继续每日制造热热闹闹的人生，但又渴望再做个简简单单的人。她看着自己的脸庞映在店里清澈的玻璃门上，稀薄飞扬的短发，妆容干净，眼神里是一望无尽的清澈。

还是很年轻啊，她对自己说，年轻就该爱一场吧，跟老头和老太太一样。

<u>2</u>

有一天，秋子的妈妈对秋子说："有个中介公司叫最佳男友有限公司。他们家的顾问很不错，推荐你试试，很有趣的，选男朋友。"

秋子爽快地答应了妈妈。她进入了网站，选择了服务她的顾问，简单的视频通话之后她输入了自己的相关爱好，开始进行电脑匹配，有两位候选者出现，一个是青春飞扬的一号，一个是略比秋子年长的成熟男性。

秋子选择了一号男友，男友想和她踩着夕阳一起回家，她偏要猛踩自行车跟对方比较高下，一号对她说我们闭上眼睛吧，秋子说："虽然闭着眼睛什么都看不见，但是我可以看见你。"

有人曾经说过，世上最肮脏的莫过于自尊心，这一刻秋子突然意识到，即使肮脏，也需要这样的自尊心如影相伴。

一号很懂秋子的心，他们在公交车上分享一对耳机，秋子有了分享世界的满足，他带她去看日出，秋子看到一号，觉得他鲜活得简直就是上帝赐予的礼物。

秋子有一天问一号："你最喜欢我什么时候的样子？"

"当然是你认真工作的样子。"

"哈？那其他时候呢，比如我们在一起的时候。"

一号忽然一阵沉默后说："其实都还好，工作的时候最迷人。"

秋子虽然觉得答案不是令自己十分满意，不过也足够了，毕竟他这么鲜活热情，甚至让她有回到学生时代的错觉。

秋子开始搬离了母亲与一号独自生活。秋子发现，一号除了每天等她上班下班，其余的时间基本都不在家里，一号并没有开始任何工作。

"白天你都去做什么呢？"秋子拖着疲惫的身体依偎在一号的怀里。

"白天的时候我也有学习啊，游泳、吉他，我要把自己的爱好都经营好。人就应该为了爱好而活啊，不应该只为生计。"

"不应该只为生计……"秋子重复着他的话，两个人有一个人只为生计就好了。秋子再一次说服了自己。

3

秋子回到家后，一号都为秋子准备她最爱吃的饭菜，有时候会拉着她的手去吃楼下的关东煮。时常会看到老头和老太太，秋子望着他们，觉得自己精神上的需求一号越来越难以满足。

秋子对一号的无趣开始与日俱增，一号也无法做到每天都带秋子回顾学生时代的浪漫。

"换人吧。"秋子在心里说。

第二天秋子走进了最佳男友有限公司，选择了二号。

一号走的时候，秋子竟然没有掉下一滴眼泪，他背上来时的背包，身无挂碍地走出了秋子的家，好像什么都没有发生，连回忆都没有。

二号男友进入了秋子的家就开始收拾房间，从角落开始，不放过任何尘埃。

秋子加班的时日里，他会去陪秋子，直到大厦的人都已经离开，他会给辛苦了一天的秋子一个暖暖的吻，然后两个人一起回家。路过关东煮，秋子不会再想进去了，二号的手艺比任何一家店里的手艺都要强。

他在白天的时候不会像一号一样只为了爱好消磨掉一整天的时间，相反地，他工作起来比秋子还要拼命，有时候与秋子约会，眼睛也无法离开手机，拼命三郎的工作态度比秋子更甚。

秋子问："你除了工作还喜欢其他的吗？"

二号回答："还有和你在一起工作啊。"

"一起工作……"秋子感慨道，不自觉又开始对比起来，金钱上自己已经可以顶下全家的花销，但是只有工作的生活，自己一个人承受就够了，两个人都如此，感情也会被消磨掉。她不知不觉又开始想念起一号。

她又去了最佳男友有限公司，想要换回一号。

一路上她甚至已经做了最坏的打算，这样好的青年很可能会被别人带走吧。她找到了网站上提供的咨询室的地址，思绪万千地在整个公司里晃荡。

秋子看到了一个极像教室的小楼，门虚掩着，里面嘈杂声不断。她从门缝里一探究竟：

"今天的课程是如何做一个吸引高收入女性的青春系

男生……"秋子好奇地瞪大了眼睛。看到台下无数身材外貌极其相近的男生，都极似一号。

　　他们熟练地用吉他弹一首相同的歌，音乐课结束之后，又开始观看电影学习台词，秋子感觉自己像进入了一个异样的世界，对人生已经没有掌控权。她愤怒地推门走进去，全场的目光都落在秋子身上，秋子在人群中看到了熟悉的妈妈，她正戴着眼镜和一群年纪相仿的大妈一起，记录一个又一个候选人。

人间指南

1

连续几年低潮的张肆无疑已经对人生失去了继续的决心和信心，三十而立，四十不惑，三十岁的他似乎已经不惑，但是而立这件事情这辈子已经无法完成。

他在普通高校毕业后回了老家，当了几年小学语文老师。无聊的日子让他浑身烦躁到几乎长草。他毅然决然地随着几个哥们来到了这个全中国最年轻的城市，平均年龄只有二十九岁的城市，在这个打工密集区，大部分人还尚未成年，必然拉低了这个城市的平均年龄。

他和几个哥们都到了一个技术服务公司当销售，为500强企业提供财务软件，他每天的工作就是打开企业黄页，不停地打电话。同样的话术不曾因为对方的态度或冷或热而改变，他有时候会照照镜子，看着自己有点苍白的没有水分的脸，眼睛总是慌神，一瞬间有点眩晕，这样的生活持续了不到半年，最终他不想再撑下去，勇敢地辞职了。他现在听到某地区官话就有呕吐迹象。因为那是他唯一无法听懂的方言。

他觉得他不是懦弱，只是不适合。一起进来的哥们都觉得可惜，表示了挽留。大家不是鼓励他再坚持下去，就是对他轻易放弃表示遗憾。但张肆觉得每个人坚持的意义各有不同，而他实在是找不到任何坚持的意义，择优质养分呲之，无意义的坚持是迫害。他漫无目的地裸辞，在匆忙的人行道上闲晃。路过一些狭窄的小巷就探身进去看看，有些看起来没有尽头的巷子，他就想走进去一探究竟。

<u>2</u>

路过一个小小的书店，它坐落在这个窄巷中，牌子上只有书店二字，在风雨欲来之时，更显得摇摇欲坠。张肆迅速地跳进书店。看起来里面的人都像20世纪的，不受外物的影响，更不知道外面流行的早已更替几轮。散发着

浓重的湿木味道的书架上，摆放着许多经典的名著和陈旧的杂志。张肆突然回想起来，不当老师之后，似乎很久没有看纸质的杂志了，如今被微博、新闻、段子、朋友圈的转帖填满了碎片时间，像吸毒一样欲罢不能，也日渐退化成一只眼观六路耳听八方的井底之蛙。这个小书店又开了眼界。很多年代久远的杂志周刊和书籍傲立于书架上，还有 1998 年的刊物，《音像世界》《大众电影》等一应俱全。

他摩挲着这些旧书，像回顾一段段的历史。在最狭小的角落里看到了一整排的、书名为《人生指南》的系列丛书。分为 1～10 册，每册分 A 卷和 B 卷，他刚要打开看，一直没有露面的店主，幽幽地走过来，没有一丝笑意，看起来是一张凶巴巴的脸。

"你要确定，看后的所有结果，都是你自己承担，我的书店和我本人不会对你负责。"

张肆愣住了，从来没有现实或者剧中的开场白如此犀利和克制，让他竟然分不清这究竟是梦境还是现实，还是说他根本就是在开玩笑。张肆没有说话。

"你答应我，才能继续看，不然只能请你出去。"

张肆看着外面已经开始下雨，就说："好好好，我答应你。"

店主将信将疑地打量着张肆。

"关于你人生的故事和修订的情节都在里面，你根据你的年纪和目前境遇进行检索就能找到应对的方式，A卷是猛药，很快奏效，帮你在最短的时间内得到你想要的一切，但是副作用无可预知。B卷是无法改变的一直向前的现实，听从内心，是否后悔都取决于你自己的选择，没有任何建议。"

无须考虑，张肆选择了A卷。10册A卷里先以年龄划分，再以境况细分，针对不同情况给出相应对策。张肆看到了诸如《如何活到100岁》《如何在工作中高升》及《如何通过改变外形改变命运》一类书。他看到这些似乎都不太适合自己。直到他看到《继任财团总裁》，张肆怦然心动。

"继任"听起来就很有背景，也一定有人撑腰，财团即便是知名圈里最不知名的也一定有雄厚的实力，比自己现在的境况好出十万八千里。

"我要这本，多少钱？"

"没有定价，当你预料到即将走完这个阶段，需要你及时归还，这段经历同一时间内不会有人跟你相同。"

张肆深吸了一口气，感觉自己真是打开了一个奇妙世界的大门。他拿着书走出了书店的门。

3

他翻看着，第一页的章节赫然写着：请到 WB 集团迎宾区等待，会有人来接你。

张肆去之前精心打扮了一番，好好洗了个澡，买了一身新衣服，走出合租房的时候差点忘记拆标签。细想下，自己好久没有买过新衣服了。不过他转念心情就变得阳光起来，他的人生马上就可以改变了，极速地，有效地。

他走进 WB 集团的迎宾咖啡区，已经有一个头发一丝不乱的职业女性站着等他。

"请问你是张肆吗？"

"是我。"

"我是百合子，感谢你在最危急的时候出现，我的家族十分需要你。"

张肆对这样的情节没有特别惊讶，他镇定地问："我能为你做什么？"

"父亲仙逝时把位子让给我的长兄，但长兄现在身体境况越发不如从前，需要有人继位。"

"你就可以啊，为什么会需要用……需要用一个外人？"

"对我来说，你不是外人，你是上天的福祉。只要你能帮助我们渡过难关，WB 的未来就是我们的。"

张肆答应。

百合子带张肆到别墅里的餐厅，两个人离得远远的，别墅大得可以听到两个人对话的回音。"明天我会带你见我的家里人，宣布你就是我的未婚夫。"

"什，什么？"张肆没想到一切来得这么突然，虽然百合子干净靓丽，但毕竟不是张肆真心喜爱的类型，他也没有完全做好为了目标出卖灵魂的准备。

"只有这样我们才能在这场没有硝烟的战争中取得胜利。"

"如果是为了家族就好。"

张肆回到房间后，翻开了《继任财团总裁》第二页，上面写着：如果你有犹豫，请相信给你建议的人，并做出自己的选择。

第三天，张肆对百合子说："结婚可以，但是我们……"

百合子说："我们会一直分房休息，互不干涉，但是需要你出现的场合，请你一定要出现。"

"明天是我妈妈的生日，你也来吧，我们把重要的事情告诉大家。"

翌日，张肆依然身穿第一次见到百合子的衣服，百合子微笑地看着他："你还是去换一下，文悠会帮你。"

文悠是百合子贴身的秘书，放在古代应该叫丫鬟。她平时一言不发，只对百合子讲话。

她也已经进化到百合子一个眼神就能明白她开口想要交代的一切。

张肆看着镜中的自己，俨然是一副成功者之相：西装笔挺，又不失年轻人的活泼外向。

走到聚会间门前，百合子就格外熟练地拉起了张肆的手。一脸灿烂光明的笑容，但又没有任何感情。

房间里的人好像都在等待张肆的出现。

大家开始对他嘘寒问暖，一个从来没有交集的人，在陌生的环境里居然可以这样受到关怀。

百合子的妈妈看着百合子，露出了更灿烂光明的笑容说："你有了未婚夫，我们就放心了。"

4

张肆觉得一切确实蹊跷，聚会结束之后回到别墅，深夜以身体不适为缘由找到文悠。

文悠说："你知道百合子今天不在，所以来找我吗？你有什么需要？"

"我没有什么需要，只是实话实说，我觉得这个事情很蹊跷。"

"来过的人，都这么说。"

"来过的人？多少人？都是看了书？"

"什么书？百合子想跟很多人结婚，她终于找到你了，也算是赢了吧。"

张肆没有继续说书的事情。

"百合子是她妈妈的亲生女儿，她大哥是百合子的爸爸和他前妻的儿子，为人正派，就是因为太正派了，他才因病住院，我才跟了百合子。今天就到这里吧，我不想说了。"

张肆说大哥在哪里住院？

文悠把医院的地址给了张肆。张肆走进医院，看到了重病晚期的大哥。他瘦到极致，但眼神里还是有明亮的光芒，可能是百合家的遗传基因导致。

"我是……"

"文悠跟我提到你了，我很抱歉，下半身不能动所以我不能去迎接你，但是你能来我已经很感动。文悠是个好人，如果没有她，或许如果没有你，我可能无法活到今年秋天了。"

张肆静静地听他讲着。

"医生说我是长期服用致瘫药剂才有今天的，我心里当然清楚是谁搞的。本是同根生，相煎何太急。我常常对百合子有恐惧。若不是文悠把我送进来，我可能早就没命了。"

张肆感到一阵眩晕，耳边回响起书店主人所说的话：所有的结果都要自己承担。

张肆回到别墅后，又翻开了《继任财团总裁》第四页。

"听从利益最相关的人给你指的路，未来一片光明。"

利益最相关的人就是百合子了吧，和她假结婚，她顺利让张肆当继承人，自己可以在幕后指挥一切。他完全可以忘记大哥和文悠，重新开始人生，得到之前从未拥有过的令人惊喜的一切。

张肆彻夜未眠。

5

张肆清早起床找到文悠，他依旧穿上了自己第一次买的衣服，轻轻地对文悠说自己可以做证人，让该得到惩罚的人受罚。

张肆作为授权人由于参与到百合子之前的几笔生意中，也同样受到制裁。

自由之后，他回到了那家书店，地址好像比之前更加难找，但终于找到了。

凶巴巴的书店老板说："你来了。"

张肆说："书还你，但是，我想知道 B 卷的内容。"

老板拿出一本 B 卷，张肆翻了一遍，全是空白。也许关于未来最好的态度就是保持未知，不必害怕，因为未来总会到来。

想起他当年上课看闲书的时候，一个老师总是出于激励的目的对他冷嘲热讽，让他觉得自己是那么与众不同才得到特别的青睐。他再次路过百合子家的别墅，下雨了，看到两个穿着运动鞋、单肩挎着背包、小腿修长的高中男生漫不经心地走过，其中一个拿着篮球的男生，一边向空中抛着篮球，一边用余光清浅地扫过这座豪宅——张肆恍然大悟，所谓值得珍惜的时光，或是义无反顾，只能滞后才变得值得，当时当下，怎么都是粪土。

这世间所有的餐馆

二丁目的街角是一个只有内行才知道的饭馆，零点食堂，店主阿七是个熬夜神，白天暗淡夜晚不朽。

很多人说他其实是京城某过气乐队的主唱，年轻时候有大把的尖果投怀送抱，但是他没有选择任何人。因为选一个主动的多没劲，人生贵在挑战高难度，于是他后来谁都没有爱过。用演出攒下的十来万元钱开了一个街角的店，一开始是让还活跃在摇滚圈的青年们演出后有个栖息之地。不到 20 平方米的房屋，角落里有榻榻米，竟然还可以打地铺，无论是否有客人，他们都可以大睡特睡，鼾声震天响。他因多数时间沉默，喜欢讲些清淡深刻的理论而闻名。很多人都说他对客人的要求有点多，并且喜欢多管闲事。

1

IT 男们不知道是听了哪个女神的推荐来到了这家餐厅，毕竟除了一些极端喜欢安静的女孩和只看纸质书的文艺青年，很少有人会知道这里。IT 男们经常光顾，理由可能是他们口中的不必排队，他们常常吃肉，腮部坚实麻木。

"一个女人生一个孩子要十个月，所以十个女人生出这个孩子只需要一个月，加加班还可以压缩到两个星期……嗯，给你五个女人，一个月后我要看到这个孩子。"——这就是我们老板的思考逻辑。

"都一个德行，我们那老板疯了一样让我们转广告文，我向来正大光明，如今发朋友圈都精细分组了，一点不像当年不羁的我。"

阿七在旁边将吃不完的香蕉和果干拌成面糊，随意地舀一勺在盘子上间隔开来，在烤制时，所含的黄油因为高温熔化，原本不成形的面糊，会自然变成扁扁的饼干状。看着那几位吃肉吃到肾上腺素飙升的 IT 男，阿七把烤制的饼干放在他们面前说，吃吧，吸收些不一样的，换个心情。饼干里带着浓郁的香蕉味、果干味，还有肉桂香，口感很富有层次。IT 男们吃得心花怒放。

"有些事情，光说是没有用的，要用行动发酵，有过灼烧，才会变得更坚硬或者是坚强。"

　　自给自足是一件非常美妙的事情，相比玩音乐，阿七更喜欢让人的胃温暖，这是一种生命中闪烁着钻石光芒的惊喜，但是这种惊喜不能太多，多了就没意思了。

2

我想写一封信给你

写我要跟一个人结婚 你来

你可能会来

你可能不会来

你来了

我娶你

你不来

我不会娶别人

别人问起我

你可能会说 那个男人最后娶了别的女人

什么时候我们停在两个人的路口

我爱你这件事是百分之五十的概率

271

我们谁也不能做最后的决定，所以最后交给命

是什么时候

在我最爱你的时候 不能更爱你

在你最爱我 其实也是最恨我的时候

我们飘在一个无垠的外太空 不能够厮守

　　阿七在 11 点擦最后一遍桌子的时候，看到上面的诗句，第一个想法是哪个孙子这么没有教养，敢在墙上乱写乱画。不过看看是用铅笔写的，可以擦掉。当他拿出橡皮来准备用力擦掉的时候，还是犹豫了一下，就这么放着吧，也不碍事。

　　第二天阿七问那些 IT 男，这些诗句是谁写的，其中一个人说是他们一个女同事的前男友写的。

　　阿七能记得那个人的外貌，那个只知道微笑看着对方的男孩，不言不语，女孩骂他的时候，他能做的也只是微笑地看着她，一言不发。

　　阿七在他的诗，准确地来说是随笔的后面跟着写道：

我说，在任何时候

遇见一个最喜欢的人

不能爱更多

所以爱情的开始是从善

最后是作恶的流氓

你说作恶也行

一个在人 一个听命

我一定要去做 先尽人事 再造天命

一颗柔软的心，无论用多少层保护，它必须是柔软的。

你们相遇，何其有幸。

3

那个男孩每周都会过来，来了一个月之后跟阿七就熟悉了，问阿七："我可以带我家的猫来吗？它一个人在家有点孤单。"

阿七爽快地答应了。

后来猫一直在，那个男孩却很久没出现过。

阿七是喜欢狗胜过猫的，尤其是不怎么掉毛的大狗，拉出去十分的拉风，总是有疑问谁会养猫呢？这种磨人的小妖精。也没见过有谁靠遛猫社交。

人多的时候，阿七就在门口扔一个宜家的纸箱子给它，它就临时住在那里，碗里永远都是新鲜的猫粮和纯净水，晚上还有安眠的牛奶。阿七心里想，他之前对女友都没有这么仁至义尽。想到女友，鼻子一酸，不再想了。

急促的敲门声响起。

"它都生病了，带它去宠物医院看看吧。"

阿七说："你怎么看出来的啊？"

"你还是猫主人呢，它的鼻头都这么干了。"

"啊，这么严重，会有什么影响吗？"

"我带它去看看吧。"

阿七差点一口答应，但是回想起网络上的一些恐怖视频都是看起来温柔善良的美女录的，一定要小心美丽面孔背后的动机。他不自觉又想起了前女友，脊背一阵发凉。

"我住这附近，我公司的一些 IT 男总来你这边，听说你这最近有猫，我就来看看。放心吧。"

阿七答应的速度比自己想象得快。

虽然她说她住附近，但是阿七从未见过她。

猫好几天都没回来，阿七开始心惊肉跳脑补恐怖片。

阿七开始问经常来的 IT 男们，那个女孩去哪儿了。

IT 男们说她辞职很久了，阿七问去哪里了，IT 男们直摇头，说更不知道了，女孩很内向，除了男友几乎没见过她跟异性讲过话。

过了几天女孩把猫送回来了，说："不好意思让你担心了，很喜欢它，就在家养了几天。炎症已经痊愈了，以后猫砂不用买了，我家里有很多。"

阿七刚要追问，女孩看了一眼手表说她要上班去了。

他叹了口气，想问下这个女孩的姓名，变成了一句："行吧。"

"以后我每周都来看它，你对它好点哦，不然我随时会抱它走。"

阿七问她："你认真的？"

她说："我像开玩笑吗？"

"你叫什么。"

"我叫里里，尤克里里的里里。"

有趣，阿七心里念叨。

4

那个疑似遗弃猫的男孩又出现了，对阿七说想把猫接走。

阿七当然是拒绝的，说："你怎么想来就来想走就走，对弱小这么不负责任？你知道这只猫病了，都是我找人去看的吗？还有你叫什么名字，我帮你养了这么久的猫，你都没自我介绍。"

"我叫孟笙，猫是我和我之前女友的纪念，我俩都想要，最后她留给我了。"

"你的前女友是不是互联网公司的？ B……好像 B 型血，嗯，人挺善良的。"

"我还真不知道她的血型，她总是说我对什么都凑合着了解，对生活也是凑合着过。她一直叫我凑合先生，我是因为这个外号被她叫了无数次才决定分手的，因为实在是烦透了。"

"然后就来我这边墙上开始乱写乱画了啊？"

"你后来不是继续吟诗作对了嘛，我就心想你一定是一个好人，就放心把猫放在你这里了。"

"你们这些年轻人还真是无聊。"

后来阿七把故事转述给了里里，她拉着阿七在台阶上讲了他们之间的故事。

孟笙各方面都差不多，不会高不会短，戴着眼镜的时候很像裴勇俊。毕业那年本想进建筑公司，但是没想到最后进了广告公司当文案，一直壮志未酬。看着周围每天加班的同事，其实也都加出了人民公仆的劲头儿，就又觉得自己做的事情，还是比较有成就感的。

孟笙刚开始追她的时候，每天晚上都要和她视频通话，出差去了任何地方都会买礼物送给她。热诚几个月之后又开始像大多数情侣一样进入了平淡期，里里抱怨过，孟笙说，差不多就行了啊。

里里加班的时候，孟笙会发消息问候，里里觉得只有消息实在是没有真实的拥抱来得实际。里里家人不在的时候会让孟笙来家里住，孟笙性格害羞，散步的时候不敢拉她的手，晚上的时候却把她搂得紧紧的。

他在广告公司踏实地待了3年，身边的人来了去了，有的精英去了同样的国际集团当了领导，有的混子去了其他竞争对手那里当了项目负责人，孟笙就还是老样子。由于广告公司的人比较感性，都重视感情，离职了也会常回来看看或者谈谈合作，孟笙总是会带他们去阿七的店里喝东西，说这里有旧时光的味道。

里里常常问孟笙，什么时候换工作，看电影里面那条Tiffany的项链好好看，也想要一条。

孟笙默默地不答话，里里也就不再问了。

赶上黄金周，孟笙要带里里去日本玩，两个人定了民宿。可是没想到洗澡的设备坏了，明天才能洗澡，里里要去找房东理论，孟笙说，好不容易来玩别坏了心情，明天就可以了。里里没安全感，说明天要不修好就搬走。孟笙说明天不行还有后天，我们可以去附近的澡堂洗澡。

里里气得半夜没和孟笙讲话。

"后来你知道吗，我跟他分开了，小猫是我当时捡的流浪猫，他一直养着，后来我才知道他对猫毛过敏。"

"分开之后你也没有去找他吗？"

"没有，他也没有找我，直到有一天他买了还蛮贵的一条 Tiffany 项链给我，是我当时期待了很久的一款项链，他托一个朋友转交给我的。"

"有多贵？"

"加班熬到年底，年终奖的价格，我理解他为什么今年没有跳槽。"

他一点都不凑合。

傍晚的时候阿七目送里里，对她说，孟笙在墙上写了很多关于她的诗句，也对阿七嘱咐过，如果里里过来，帮忙转达他很想她。

里里是笑着走出去的，边走边频频地点头。

阿七一个人在台阶上坐了好久，想到了 5 年前，他开这个店的初衷。当时的女友很渴望拥有一家属于自己的小店，不为赚钱，只为了看到路人在这里分享喜怒哀乐，可以在力所能及的范围内帮助那些迟迟不敢开口的恋人们。前女友是因为他当时毕业后就玩音乐，温饱的生活毫无可能，才选择离开的。等她走了，他才努力攒钱把她当时的梦想实现。

无所谓了，自己都这样了，又能怎样？

至少还能帮助别人获得些或大或小的幸福，差不多了。